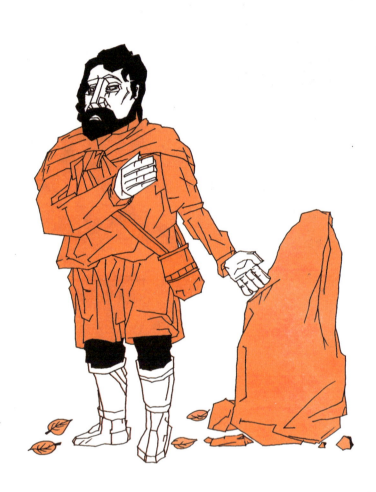

语文新课标必读丛书

# 中外神话传说故事

## （最新修订版）

王显才　主编

吉林大学出版社

**图书在版编目（CIP）数据**

中外神话传说故事/王显才主编．—长春：吉林大学出版社，
2009.9

（语文新课标必读丛书）

ISBN 978-7-5601-4900-4

Ⅰ.①中… Ⅱ.①王… Ⅲ.①神话—作品集—世界
Ⅳ.①I17

中国版本图书馆 CIP 数据核字（2009）第 173774 号

书　　名：中外神话传说故事

作　　者：王显才

责任编辑：李国宏

责任校对：赵雪君

封面设计：天之赋设计室

美术指导：蒋艳春

内文绘图：吉艺新媒体动漫工作室 JYC　　吴锡军

出版发行：吉林大学出版社

社　　址：长春市明德路 501 号

邮　　编：130021　　发行部电话：0431－89580026/28/29

网　　址：http：//www.jlup.com.cn　E-mail：jlup@mail.jlu.edu.cn

印　　刷：吉林省吉盛印业有限公司

开　　本：160mm×230mm　1/16

印　　张：13

字　　数：105 千字

版　　次：2010 年 3 月　第 1 版

印　　次：2013 年 1 月　第 2 次印刷

书　　号：ISBN 978-7-5601-4900-4

定　　价：15.90 元

# 语文新课标必读丛书

——编写委员会——

# 目录

中外神话传说故事

　　美丽的蓝天，广阔的大地，山川树木，日月星辰……奇妙的大自然中所有的这一切，是从何而来呢？假如我告诉你，是一个叫盘古的人开天辟地，创造出来的，你会不会惊奇地瞪大眼睛呢？读读下面这个故事吧，也许你就会明白世间万物的起源。

# 盘古开天

　　传说，在很早很早以前，天和地没有分开，天地连在一起，整个宇宙还是个混沌①昏暗的大气团，它的形状就像一个巨大无比的鸡蛋，人类最早的祖先盘古就孕育在里面。

　　盘古睡呀，睡呀，大约过了一万八千年，盘古醒来了，他看见周围漆黑一团，非常生气。于是，就抓起一把大斧用力一劈②，"轰"的一声，"大鸡蛋"裂开了。轻飘清白的东西不断升腾，变成了蓝天；沉重浑浊的东西不断下沉，变成了大地。从此宇宙之间就有了天地之分。

　　盘古头顶蓝天，脚踩大地，身体不断地长高。天和地也在变化，天每日增高一丈，地每日增厚一丈。这样又过了一万八千年，天升得极高，地变得极厚，盘古也变成了九万里长的顶天立地的巨人，像根柱子一样坚实地支撑着天和地。

　　又过了许多年，天地都长结实了，可是，盘古也

世界是逐渐变化的。

1

筋疲力尽③了，他摇晃了一下，像大山似的倒下来，再也没有起来。他的左眼变成了光芒四射的太阳，右眼变成了明亮皎洁的月亮，他的身躯变成了高耸的山岳，血液变成了奔流不息的江河湖海，筋络血脉变成了大地上的条条道路，全身的肌肉变成了良田沃土，他的头发飞上天空，变成了亮晶晶的星星，皮肤上的汗毛变成了花草树木。他的最后一口气变成了云，最后一声吼变成了雷霆④，最后一缕目光变成了雷电……整个世界变得富有生机，美丽而富饶。

盘古为创造这个世界奉献了自己的全部。

## 说文解字

①混(hùn)沌(dùn)：这里指宇宙形成前的模糊一团的景象。
②劈(pī)：用刀斧砍。
③筋(jīn)疲(pí)力(lì)尽(jìn)：形容非常疲劳，一点力气也没有。
④雷(léi)霆(tíng)：声音极大的雷；霹雳。

## 故事启迪

盘古是我国古代神话传说中的一个神，他开天辟地，创造了美丽而富饶的世界。

地球是我们共同的家园，她的美丽与和谐是一切幸福的源泉。盘古为了创造她，奉献了自己的全部。我们一定要珍惜这些巨大的财富，保护环境，爱护大自然，让天更蓝，山更绿，水更清，人更美。

## 奇思妙想

1. 盘古开天辟地后，累得倒下了。他的身体变成了什么？
2. 你相信天地是这样创造出来的吗？这个神话故事告诉我们什么？

先读为快

　　大家都知道，我们都有自己的妈妈，每个人都是由自己的妈妈生出来的，可是你知道最早的人类是怎么出现的吗？还有，为什么老人们常说：人是泥做的，还说泥人也有个土性子呢？不知道了吧？让下面的故事来告诉你吧！

# 女娲造人

　　盘古开天辟地后，天地万物生机勃勃，一片兴旺。山川秀美，草木葱茏①。各种野兽在森林里自由奔走，无数飞禽在空中自由飞翔。

　　可是，这个世界上却没有人类。

　　这时，一个女神在大地上出现了，她叫女娲。

　　女娲在大地上行走，放眼望去，到处是一片欣欣向荣②的景象。可是，她总觉得世界上好像缺点什么，自己也非常孤独。

　　有一次女娲在黄河边游荡，河水映照出了她的倒影。她突发奇想，于是用黄土和成黄泥，照着自己的倒影，捏造一个一个的东西，女娲给这些小东西取名为"人"。这些小人只要一落地，就有了生命，他们在女娲周围跑来跑去，欢快地叫她"妈妈"。女娲高兴极了，她捏呀捏，捏了许多，实在太累了，于是拿了一根绳子在泥水中挥舞起来，奇怪的是，绳子溅起的点点黄泥，竟也变成了一个个的人。女娲把他们分成男

没有伙伴，没有朋友，该是多么寂寞啊！

女两类，让他们自由结婚，世代繁衍下去。

从此，人类诞生了。

**说文解字**

①葱（cōng）茏（lóng）：（草木）青翠茂盛。

②欣（xīn）欣（xīn）向（xiàng）荣（róng）：形容草木茂盛。

**故事启迪**

中国古代的神话传说多么美丽，多么奇妙啊！"女娲造人"让大地上因为有了我们而充满生机。人是万物之灵，是整个世界的主宰，是人类让这个世界不断发展，不断进步。

一个人的生命只有一次，是宝贵而无可替代的。为了让这个世界更加美丽，更加充满活力，珍惜生命吧！——珍爱自己，珍惜他人。用有限的生命去实现无限的价值，让生命因此而绽放出最美丽的光彩！

 奇思妙想

1. 女娲是怎样造人的？

2. 你认为人类应该怎样珍惜生命？

**先读为快**

你能想象得到吗？在远古时候，好战的水神和火神因为一点小事打了起来，居然把天弄了一个大窟窿，地上到处是洪水，山林燃起了熊熊大火，整个人类面临着灭绝的危险，是谁拯救了他们呢？

# 女娲补天

女娲创造人类之后，天下太平，人们过着天堂般的幸福生活。

有一年，水神共工和火神祝融为了一点小事打起仗来。他们打得可真凶，从天上一直打到了地上。最后，火神取得了胜利。水神觉得再没有脸面活在世间了，就一头向不周山撞去。这一撞，闯出了弥天①大祸。

> 水神的气性也太大了。

不周山，本来是矗立②在天地西北面的一根撑天柱子，经这么一撞，"咔嚓"一声折断了，"呼隆！"半边天空塌下来，天上露出个大窟窿，天河里的水就顺着这个漏洞从天上倾泻下来，大地变成一片汪洋，很多人和动物都被淹死了。人们只能龟缩③在一些比较高的山峰上。地面上也裂开了一道道深沟。山林燃起了大火。各种恶鸟猛兽也从森林里跑出来，四处害人。人们无法生存下去了。

> 人们生活在水深火热之中。

女娲看到这一切，痛心极了。为了她的孩子们，她独自勇敢地担负起补天的重任。她从大江大河里挑选了许多五彩石子，熔炼成胶糊状的液体，再用这些液体去补天上的窟窿。女娲忙碌地工作着，冶炼的炉火熏黑了她美丽的脸庞，双手布满了厚厚的茧子，但她毫不在意，每天不停地挑选五色石，冶炼，补天，一刻不停。天终于补好了，她又杀死一只大乌龟，斩下它的四只脚，代替原来的天柱立在大地的四方，这样，天就被撑住了。接着，女娲经过浴血奋战④，赶走了各种恶鸟猛兽。最后，她把河边的芦草烧成灰，堆积起来堵住了洪水。

天地终于恢复了往日的平静，人们又重新安居乐业了。女娲驾着飞龙，乘上雷车，又飞回天上去了。

我的评点

**说文解字**

①弥(mí)天：满天，形容极大。

②矗(chù)立(lì)：高耸地立着。

③龟(guī)缩(suō)：比喻像乌龟的头缩在壳内一样，躲藏在里面不出来。

④浴(yù)血(xuè)奋(fèn)战(zhàn)：带着满身血迹仍奋力战斗。形容战斗惨烈，将士英勇。

**故事启迪**

在人类最危难的时刻，女娲勇敢地担负起了拯救他们的重任。她炼石、补天，一刻不停地忙碌着。撑起天，堵住水，赶走恶鸟猛兽，终于让人们重新过上了安居乐业的生活。女娲是人类共同的、最无私、最伟大的母亲。

这个故事同时也告诉我们，只要勇敢地担负起责任，没有什么是我们做不到的。

奇思妙想

1. 女娲是怎样补天的？

2. 在生活中你遇到过困难吗？你是怎么做的？

**先读为快**

精卫只是一只小小的鸟儿，她却日复一日，年复一年，无论是风和日丽，还是雷雨交加，总是不停地填海，一直到今天也没有停下来。她为什么要这样做呢？到底发生了什么可怕的事情，让她如此地愤怒和执著？我们一起来看看吧！

# 精卫填海

在北方的发鸠①山上，长着许许多多的拓桑树，那里生活着一种叫做精卫的小鸟。它的形状像乌鸦，头上有花纹，白颜色的嘴，红颜色的爪子，它总是自己叫自己，发出"精卫！精卫！"的声音。

传说，精卫本是炎帝的小女儿，叫女娃。她活泼伶俐，聪明漂亮，非常讨人喜欢。有一次，女娃到东海去游玩，在海边嬉戏，她跑啊，跳啊，玩得高兴极了。忽然，海上起了一阵狂风，刮得天昏地暗，掀起了惊涛骇浪②，巨大的海浪排山倒海地扑向小女娃，一下子就把她吞没了。当风平浪静之后，她的亲人们对着大海悲痛地呼唤、寻找，却再也见不到她那可爱的身影了。

但是，小女娃并不甘心就这样死去，她的魂魄化作美丽的小鸟，只要一听见大海的咆哮③声，只要一看见大海翻腾的浪花，她的心中就怒火万丈。

我的评点

不知道还有多少生命葬送在这里。

9

精卫怨恨大海凶残无情地夺去了自己年轻的生命，所以就常常飞到西山去衔来小树枝、小石子，投到大海里面去，想把大海填平。大海对她的行为不屑一顾④，嘲笑她说："就凭你这么个小不点儿，还想跟我斗？"但是倔强的精卫发下誓言，永远不饮东海的水，一定要把无情的大海填平，让它再也不能危害其他人的生命！她就这样日复一日，年复一年，无论是风和日丽，还是雷雨交加，总是不停地填海，一直到今天也没有停下来。

精卫多么有毅力啊！

①鸠(jiū)：鸽子一类的鸟。

②惊(jīng)涛(tāo)骇(hài)浪(làng)：凶猛而使人害怕的波涛。

③咆(páo)哮(xiào)：（如猛兽、海浪、人等）发出洪亮而有力的回荡的声音。

④不(bù)屑(xiè)一(yī)顾(gù)：形容对某事物异常鄙视，认为不值得一看。

一只小小的鸟儿与大海相比，实在是太微不足道了！然而，勇敢的精卫并没有气馁，更没有因此而放弃。她是多么执著啊！

当我们遇到困难的时候，是不是应该学习精卫的这种精神呢？面对困难，永不退缩，不战胜困难决不罢休。世界上最广阔的是大海，比大海更广阔的是人的心胸，最高远的是天空，比天空更高远的是你的理想。相信只要你努力去做了，就一定会成功！

1. 精卫的身上有一种精神，你觉得是什么？

2. 举例说明：你身边是否也有这样有毅力的朋友？

**先读为快**

太阳每天都和我们见面，东升西落，忙忙碌碌，没有人能够留得住太阳的脚步。可是在远古的时候，却有一个名叫夸父的人，他一心想追上太阳，而且不达目的誓不罢休。那么，他最后追上太阳了吗？读读下面的这个神话故事吧！

# 夸父逐日

北方的冬天，寒冷而又漫长。这里住着一个巨人，叫夸父。在一个难熬的冬夜里，夸父突然想到：追上太阳，让它多留一会儿！他太兴奋了，整个晚上都没有睡着觉。

清晨，当太阳一从东方的扶桑①树升起，夸父就迈开两条长腿，开始追赶太阳。

太阳跑得太快啦！但夸父跑得更快，太阳跑到哪里，他就追到哪里，东西南北都留下了他深深的足迹。近了，近了，只要再赶几步，就能追上太阳啦！近了，近了……

可是，太阳喷射出来的炽热的火焰，把夸父烤得口干舌燥。他回过头，一口气喝干了黄河的水，又一口气喝干了渭河的水，但还是渴得要死。

路边的老人们告诉他，北方有个大湖泊，那里有很多很多的水。夸父又踏上了去北方的道路。走啊，走啊，夸父累极了，也渴极了，还没找到大湖泊，就

这里运用了夸张的修辞手法来形容夸父逐日的艰辛。

摔倒在地，死去了。

就在渴死前那一瞬间，夸父回头看了看就要落下去的太阳，心中很不甘，他没想到自己没有将太阳抱住就给渴死了。夸父使出最后一点力气，把手里的拐杖扔了出去，这才轰然倒了下去。

夸父死了，他身子倒下的地方，变成了一座连绵起伏的大山，他扔出去的那根手杖，变成了一片桃林，桃林里果实累累，行人只要走到那里，摘了桃子吃，顿时满口生津②，再也不渴了。

夸父没有追上太阳，但他仍旧是一个大英雄。他临死时，还想念着那些又渴又累的赶路人，给他们留下了一片长满鲜美桃子的桃林。

虽死犹荣。

①扶(fú)桑(sāng)：古代神话中的一种神树，生长在太阳升起的地方。

②津(jīn)：唾液。

在科学技术发达的今天，我们已经懂得，日月星辰自有它们运行的轨道，它们与地球的距离是我们穷其一生也无法达到的。但在遥远的古代，勇敢、坚强的夸父却相信能够追上太阳。他希望追上太阳，让它多留一会儿，给人间以更多的温暖和光明。虽然最后失败了，但是夸父不达目的誓不罢休的精神，却永远值得我们去学习！

奇思妙想

1. 夸父为什么要追赶太阳？

2. 夸父死后留下桃林，你有什么感想？

## 先读为快

太行山和王屋山两座大山，从地面到山顶，有一万多丈高，绕着山走一圈，有七百里。而一位风烛残年的老人，为了让家人出行方便，就想把太行山和王屋山两座大山挖平，你相信他能做到吗？结果又是怎样的呢？我们一起来看看吧！

# 愚公移山

太行山和王屋山两座大山，从地面到山顶，有一万多丈高，绕着山走一圈，有七百里。

有个叫愚公的人，年纪都快九十岁了，面对着太行、王屋两座大山居住。由于大山挡住了他家的通道①而行，很不方便。于是，愚公就将家人召集在一起商量："这两座大山，堵住了我们的路。我打算和你们一起，用尽全力挖平这两座山，那样我们以后出门就方便了！你们说这样可好？"大家都很赞同。而愚公的妻子却提出质疑②，她说："凭你的一点力量，连魁父这样的小山都不能移动，何况是太行和王屋这两座大山呢？——况且那些石头和泥块又往哪里置放呢？"大家说："把石头和泥块运到渤海滩去就行了。"于是，愚公就带领子孙，加他自己，能够挑担的共有三人，一起敲碎石头，挖出土块，用箕畚③和箩筐装上土石，挑运到渤海之滨倒掉。愚公的邻居是个寡妇，她有个才七八岁

提出的问题很现实。

的儿子，也来帮他们运土。

黄河边上，住着一个老汉。这个人很精明，人们管他叫智叟。他听说这件事后，讥笑愚公的不明智，试图阻止他，说道："你可真是老糊涂了！凭你这风烛残年④的体格，连这两座山的毫毛也动不了，更何况是搬运泥土和石块呢！"北山愚公听后，长叹道："你也太顽固不化了，以至不通情理，连寡妇和儿童都不如。虽然我终究会死，但我还有儿子呀，儿子又生孙子，孙子再生他的儿子，儿子又会有儿子，儿子再生孙子，子子孙孙，无穷无尽，而那山却并不增高，为什么不能将它搬平呢？"智叟哑口无言⑤。

一个手里握着蛇的神灵听见愚公的一番话，担心愚公真会这样干下去，于是将此事向天帝报告。天帝被愚公的真诚和意志感动，命令山神把两座大山搬走了。从此以后，愚公的门前一马平川，连较高的丘陵都看不到了。

愚公的真诚和意志感天动地。

中外神话传说故事

 说文解字

①绕(rào)道：走弯曲迂回的路。

②质(zhì)疑(yí)：提出疑问。

③箕(jī)畚(běn)：一种铲状盘，通常有一个短把，用以收运从地上扫除的垃圾。

④风(fēng)烛(zhú)残(cán)年(nián)：比喻随时可能死亡的晚年。

⑤哑(yǎ)口(kǒu)无(wú)言(yán)：把某人驳斥或说得无言以对。

故事启迪

"有志者事竟成"，年过九十的愚公，带领家人和邻居的小孩，下定决心要搬走太行山和王屋山两座大山。他们的决心和意志，终于感动了天帝，命令山神把两座大山搬走了。如果我们也有愚公这样的精神，做任何事情都能锲而不舍，坚持到底，那还有什么不能成功呢？

奇思妙想

1. 你认为愚公和智叟谁更聪明？

2. 我们要学习愚公身上的什么精神？

先读为快

小朋友们，你们见过杜鹃鸟吗？在农忙的时候，杜鹃就会大声啼叫。有人说它叫的是"布谷布谷，快快布谷"，是在提醒农民该忙农活了。也有人说它叫的是"不如归去，不如归去"。这到底是怎么一回事呢？

# 望帝化鹃

蜀地有一名男子，名叫杜宇，他是从天上掉下来的，落在了朱提山上；又有一个女子，名叫利，利是从江源的地井中出来的，她便成为杜宇的妻子。杜宇自立为蜀国的君王，号为望帝。望帝是个开明的君主，在他的统治下，人民安居乐业，生活得幸福美满。但最大的忧患①还是存在，那就是水灾，望帝把很多心思都花在了治水上。

有一次，望帝出去视察。在江边，他和随从发现了一具男人的尸体在江面上一沉一浮地向下游漂去。望帝令随从将尸体打捞上来，停放在江边的草地上。

令人奇怪的是，那具尸体一会儿竟然复活了，并且坐起身来开口说话。这死而复生的男子告诉望帝说，他叫鳖灵②，是楚国人。

在与鳖灵的交谈中，望帝发现此人语言表达能力极好，思想水平也不错，更为难得的是，此人竟然是个治水专家。

治水专家居然会差点被水淹死，太奇怪了。暗示鳖灵心有诡计。

望帝不正在为治理蜀国的水灾发愁吗？看来，鳖灵就是天帝赐给③他的最好的助手呀，望帝立即任命这位来历不明的鳖灵为丞相。

不久，蜀国又发生了大洪水，望帝命鳖灵前去治理洪水。鳖灵疏通④水道，想办法拓宽了巫峡，使长江顺利东下，平息了水患。

鳖灵因为治水之功而成为全蜀国的大英雄，望帝见他功劳甚大，便宣布自己退位，将王位禅让⑤给了鳖灵。

在这之前，鳖灵一直是以正面形象出现的，可是，等到他一登上王位，立即暴露出丑恶的本性：他不但接过了望帝的王位，也乘机霸占了望帝的妻子。

望帝心里又气又悔，但却无能为力。不久，望帝抑郁而死，死后，望帝化成一只杜鹃鸟，日夜在林间悲鸣。蜀国的百姓也因杜鹃的悲鸣而越发思念望帝。

望帝生前爱护百姓，虽然死得十分悲惨，但仍然不忘他的人民，他的灵魂化作杜鹃鸟后，每年到了清明和谷雨这样的春耕大忙季节，便飞到田野和村庄，大声地鸣叫，提醒他的人民应该忙农活了。所以，杜鹃也叫布谷鸟。

有些事情做了就无法再挽回。

**说文解字**

①忧（yōu）患（huàn）：困苦患难。

②鳖（biē）灵：人名。

③赐（cì）给（gěi）：指上级对下级、长辈对晚辈的给予。

④疏（shū）通（tōng）：使畅通。

⑤禅（shàn）让（ràng）：传说中国上古帝王尧传位给舜，舜传位给

禹，传贤不传子，史称禅让。后指把帝位让给别人。

望帝杜宇是个开明的君主，可惜认人不清，遇到了虚伪阴险的鳖灵，"一失足成千古恨"，再也无法挽回。有些人心存善恶两面，没有机遇时安分守己，一旦地位变了，思想就变了。鳖灵就是这样一个可耻的两面派。

1. 你认为鳖灵落水是真的吗？

2. 鳖灵最后会有什么下场呢？试编写一个结尾。

中外神话传说故事

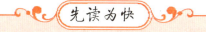

**先读为快**

　　古诗词中，有关月亮的名词佳句数不胜数，我们也都喜欢欣赏月亮的美丽。满月的时候，你会看到月亮里面似乎有一棵树。那会是一棵什么树呢？读完下面的故事你就会知道了。

# 吴刚伐桂

　　相传，月亮上的月宫门前有一棵桂花树，这棵树生长了几万亿年。它高高大大，枝茂叶繁，一年四季，郁郁葱葱①，从来都不凋谢。它强大的生命力，使之硕大无比，月亮的光辉都快被它挡住了。这引起了玉皇大帝的忧虑和焦躁，可一时又一筹莫展②。恰好，这时从人间来了一位叫吴刚的西河武士。吴刚人高马大，长得粗壮有力，浑身有使不完的力气。他从小受人指点，精通武艺，臂力过人。他为了寻求长生不老之术，上天去求仙。

　　玉皇大帝见他身体强壮，天资很好，是个可以造就的人，便让他留在天庭修炼。但这个吴刚生性耿直③，见到不公平的事，喜欢仗义执言，打抱不平。再加上他在人间闯荡游浪，自由惯了，受不了天庭那么多约束。所以，经常受到玉皇大帝的惩罚。

　　可是吴刚全都置之脑后，照样我行我素④。有一次，吴刚又触犯了天条，玉皇大帝正好发愁找不着砍桂树的人，便命天兵天将，将吴刚五花大绑，押到月宫去伐桂。

好茂盛的树啊！所以玉帝想砍掉他。

吴刚不遵守天规，自然要受到惩罚。小朋友可要学会遵守纪律哦！

这样的惩罚，永无止境。

吴刚在天神们的监视下，只得抡起大斧，使劲砍树，一斧子下去，粗大的枝干，纷纷坠地。一天下来，一棵参天大树被他砍去了不少。

吴刚砍得累极了，便在树下闭上眼，打了一个盹。可再睁眼一看，硕大的桂树依然如故⑤。他慌忙爬起来，抓起大斧，又用力砍下去，可是每砍一斧，砍出的那道口子就立即自动愈合，怎么也砍不倒它。

吴刚就这样，永远在那寂寞的月宫不停地砍着，砍着……

### 说文解字

①郁(yù)郁(yù)葱(cōng)葱(cōng)：（草木）苍翠茂盛。

②一(yī)筹(chóu)莫(mò)展(zhǎn)：形容一点办法也没有。

③耿(gěng)直(zhí)：直爽，正直。

④我行我素：不管人家怎么说，仍旧按自己平常的一套去做。

⑤依然如故：仍旧像从前一样。

### 故事启迪

吴刚从小受人指点，精通武艺，臂力过人。而且生性耿直，见到不公平的事，喜欢仗义执言，打抱不平。这样的人，在人间本应该有一番作为。他却上天寻求长生不老之术，结果被罚在月宫砍桂树。这样的长生不老又有什么意义呢？

### 奇思妙想

1. 如果吴刚留在人间，他会做些什么？

2. 吴刚"长生不老"地留在月宫砍桂树，他在想些什么？

**先读为快**

天上的太阳，让我们人间有了四季：春暖、夏热、秋凉、冬寒；有了春种秋收，五谷杂粮；有了夏天的打水仗，冬天的堆雪人。你能想象吗？假如天上有十个太阳的话，那会是怎样一番景象呢？

# 后羿射日

在尧帝时代，天空出现了十个太阳。

事情的缘由是这样的：太阳的母亲羲和，和天帝结婚后，生了十个儿子，就是太阳十兄弟。这十兄弟全都居住在大海以外的东方一个叫汤谷的地方，汤谷是个巨大的水池，因为太阳总在里面洗澡玩耍，所以汤谷的水经常是沸腾①的。

按照天帝的要求，太阳十兄弟每天只有一个可以到天上去走一圈。正是由于天帝的安排，太阳才每天清晨从东方升起，黄昏时在西方降落，他们在天空行走一圈也就是一天。

可有一天，这些太阳不乐意遵守天帝的命令了，他们不愿意老呆在汤谷里，而是想多到天上走走，于是他们一窝蜂地全都去天上游玩。这样，十个太阳同时出现在天空中。

刹那间，十个太阳的强光从四面八方照射到大地上，一转眼功夫，地上热得比蒸笼还可怕，草木枯焦

不依规矩，不成方圆。这下可乱套了。

23

了，庄稼晒死了，河水蒸干了，人们热得难以忍受，纷纷躲进了山洞里。

尧看到自己的人民如此受苦受难，心如刀绞②，他整天向天帝祈求，希望天帝能帮人民摆脱苦难。

天帝是个溺爱③儿子的父亲，想对此事睁只眼闭只眼地不理。但一个名叫后羿的天神十分生气，他当着天帝的面指责十个太阳的暴行。天帝只得答应管教管教不听话的儿子们，并派后羿到人间去帮助尧。至于自己的儿子们，天帝一再吩咐后羿不可太为难他们，吓吓他们就行了。

后羿便来到了人间，他和尧一起站在山顶上向十个太阳喊话，要求他们退回去九个，只能留一个在天上。但十个太阳自恃是天帝的儿子，后羿能把他们怎

么样呢？因而对后羿的话充耳不闻。

后羿看到大地在龟裂，老人和孩子非常痛苦接二连三地死去，他决定一定要将人民救出这可怕的地狱，哪怕为此得罪天帝也在所不惜。

后羿是当时排名第一的神箭手，他张弓搭箭向太阳瞄准，同时也希望十个太阳见了能被吓走九个。可是，十个太阳一点也不怕，反而挑衅④他："射呀，有胆量你就射呀。"

后羿忍无可忍，他略一瞄准，嗖地一箭向太阳射去。好一会儿工夫，人们看到一团红色的火球从天上掉下来，人们走近一看，原来是一只三只足的乌鸦，也就是太阳的灵魂，人们一齐欢呼起来。

就这样，后羿一支箭一支箭地射着，天空中流火四射，硝烟弥漫⑤，太阳一个接一个地掉了下来。后羿一连射了八箭，另外八个太阳也从天空消失了。人们的欢呼声此起彼伏："射得好，射得好！"正当后羿准备再射天空的最后一个太阳时，尧急忙一把抓住他："不能再射了，太阳的存在对大地万物是有好处的，要是最后一个太阳也射掉了，到时人间就是一片黑暗和寒冷。"

后羿恍然大悟⑥，便停止了射击。这样，天上就只有一个太阳了，早上出来，晚上落下，再也不像以前那样火辣火辣的了。人民也从山洞里出来了，过上了安稳平静的生活。

天帝一下子失去了九个儿子，自然对后羿恨之入骨⑦，再也不允许他从人间回到天上了。

后羿是个为民除害的大英雄。

后羿善良，正直勇敢，值得我们学习哦！

后羿让人们重新过上了安宁的生活。但他因此失去了自己的幸福。

## 说文解字

①沸(fèi)腾(téng)：开，滚。液体受热到一定温度时，内部汽化形成气泡，冲出液体表面的现象。

②心(xīn)如(rú)刀(dāo)绞(jiǎo)：形容非常痛苦、痛心。

③溺(nì)爱(ài)：过分地疼爱。

④挑(tiǎo)衅(xìn)：借端生事，企图引起冲突。

⑤弥(mí)漫(màn)：指尘土、云雾、水等充满，布满。

⑥恍(huǎng)然(rán)大(dà)悟(wù)：一下子完全明白或觉悟过来。

⑦恨之入骨：恨到了骨头里去，形容恨到了极点。

## 故事启迪

没有了太阳，就没有了万物的生机与繁荣。然而太多了，又打乱了大自然的正常秩序，所以无论什么，都要适可而止，过犹不及。

天帝身为万物的主宰，却纵子行凶，说是爱，其实是害，白白送掉了九个儿子的性命。

他是否该反省一下呢？

## 奇思妙想

1. 被射落的太阳掉下去时会想些什么？

2. 假如我们都不遵守交通规则会怎么样？

中外神话传说故事

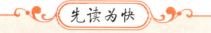

八月十五中秋节前，超市里卖的月饼包装盒上，常会有嫦娥奔月的美丽图画。你想过吗？在这万家团圆的时刻，嫦娥独自在冷冷清清的广寒宫里，该是多么寂寞啊！她为什么要独自去月宫呢？

# 嫦娥奔月

嫦娥是后羿的妻子，她长得很美，身材修长柔软，走起路来，如春风里的杨柳，婀娜多姿，风情万种。

当后羿因射杀了天帝的九个儿子，而被贬下凡间，永不得重返天宫后，嫦娥也只好跟着后羿来到人间。

人间与天宫差别太大了，人间没有天宫那样灿烂辉煌，也没有天宫舒适惬意①，这里，一切都要自己动手，哪怕是生火做饭这样的小事，自己不动手，也会饿肚子。

嫦娥心里不痛快，每天发牢骚②哭哭啼啼。

后羿呆在家里觉得很烦，只好背着弓到外面走走。他只要看到恶兽作恶，就举起神弓除恶，只有这个时候，后羿心里才痛快。

一天，后羿吃完早饭，背着神弓要出门，嫦娥拦住了丈夫说：

"你先别走，我有事要与你说。"

后羿停住脚步问道："什么事？"

嫦娥长得这么美，与下文她的自私行为形成巨大的反差。

嫦娥说："这些天我一直在想，既然来到人间，也就这样了吧，我不再哭了，也不再缠着你嚷嚷要回天宫里去，不过，我想还是当神仙好，神仙可以长生不老。要是我们还能长生不老，你愿意不愿意？"

后羿点了点头。

嫦娥见丈夫同意了，便接着说："我以前听说过，西边昆仑山上，住着一个叫西王母的神仙，人们都说西王母那里有一种药，是长生不老的药。凡人要是吃了这种药，就会长生不老的。"

后羿并不觉得人间有什么不好，但拗不过妻子的劝说，只好答应去试试。

嫦娥一听这话，自是高兴不已，赶紧给后羿准备行装，催促丈夫赶紧出发。

大地的西边是昆仑山，那里荒无人烟，险恶深渊之中，终日烈火燃烧不息。后羿不惧艰难，走过常人难以逾越③的险阻，来到了昆仑山的山顶。

西王母正坐在山顶上晒太阳。

西王母认识后羿，问道：

"你来这里有什么事啊？"

后羿很不好意思地把自己的来意说了一遍。

西王母同情后羿的处境④，便拿出两个小小的药包，对后羿说：

"这两包药拿回去，你与嫦娥各吃一包，这样，你们夫妻二人仍可以与以前一样，长生不老。不过，你以后不能来这里了，这药也只能给你一次，没有第二次。此药不可多吃，也不可不吃。吃多了，会被人耻笑。不吃，也就无法长生不老。"

后羿记住了西王母的话，辞别西王母后，后羿赶紧赶回家。

见到嫦娥后，后羿把昆仑山之行的事儿对妻子说了一遍，然后从怀里掏出西王母给的两包仙药，交给嫦娥。

后羿到后屋睡觉去了，一路的风尘使得后羿很疲劳。

嫦娥拿起桌上的药包看了一遍又一遍，心里激动不已。嫦娥拿起一包药，张开嘴，一下子就全咽了下去。

嫦娥看着桌上的另一包药，心想：

"难道真的一包药就可以长生不老么？这一包药是不是太少点儿？既然后羿有本事从西王母那里弄来两包药，那么后羿一定还可以再从西王母那里弄来同样多的药。"

想到这儿，嫦娥打开另一包药，一仰脖子，又咽了下去。

这时，西王母的声音在嫦娥耳边回响起来：

"你丈夫不辞辛劳、万里迢迢给你找来长生不老药，可是，你却经不住诱惑，将丈夫的药也吃了，你太自私了，众天之神将耻笑⑤你。"

嫦娥心里后悔不已。她的双脚已经慢慢地飘了起来，那是西王母神药的神力在发挥作用。嫦娥想喊后羿，可是，她张不开嘴，她觉得没脸见丈夫了。

嫦娥只好闭上眼睛，任身子飘向天空。

后羿一觉醒来，不见妻子的踪影。他好像感觉到了什么似的，冲出屋门，仰望天空，星光下，只见妻

嫦娥太自私了，她就没想到后羿求这两包药有多么不容易！

子的身影一点一点远去。

他痛苦极了，大声喊着：

"嫦——娥——，你——回——来——"

天空中回荡着后羿的呼喊声。

后羿再也没有听到嫦娥的回音，只见天空中一缕细细的飘带在云雾中来来回回地飘呀飘呀，他知道，那是嫦娥的衣带。

嫦娥一路飘飞，一路哭，泪就没有断过。她不知道自己会去哪儿，也不知道自己该去哪儿。

这时，西王母的声音在她耳边回响着：

"你太自私了，天宫的诸神是不会容忍你的这种做法的。"

嫦娥知道西王母这话的分量，她知道自己没法去天宫了。可是，她也没法再回人间去，她没有脸再见丈夫那朴实诚恳的脸了。

这时，她想到了广寒宫。

小时候，她听天宫老神仙们说过，广寒宫在天宫的下方，那里虽然金碧辉煌⑥，美丽无比，却一直没人住，因为那里没有生气，终日寂寞，寒冷无比。

嫦娥心想自己只能去那里了。

她抹去脸上的泪水，朝着广寒宫飞去。

在广寒宫里，除了一只玉兔和一只蟾蜍蹲在一棵月桂树下打盹外，再也没有其他活的东西了。

嫦娥不禁叹了一口气，她知道这里就是她今后长久的生活之地了。她为自己一时的行为感到万分后悔，在那里，她将度过寂寞无聊的时光。

从此，嫦娥就一直生活在月亮上。

嫦娥因为自己的自私受到了惩罚。

自私的人心里只有自己，所以会更寂寞。

夏天，在月明星稀的夜晚，小朋友们要是仔细看一看，也许能看到嫦娥在月亮上跳舞时飘动的长裙。

## 说文解字

①惬(qiè)意(yì)：满足，畅快。

②牢(láo)骚(sāo)：烦闷不满的情绪或言语。

③逾(yú)越(yuè)：越过，超过。

④处(chǔ)境(jìng)：所处的境地（多指不利的情况）。

⑤耻(chǐ)笑(xiào)：讽刺，讥笑。

⑥金(jīn)碧(bì)辉(huī)煌(huáng)：形容建筑物等华丽精美，光彩夺目。

## 故事启迪

古语说：只羡鸳鸯不羡仙。人世间最美的是爱情，最幸福、最珍贵的也是爱情。嫦娥一心想长生不老，重回天宫当神仙，抛弃了对她情深义重的后羿，最后却落得独自在月宫寂寞终身。她该有多后悔啊！

## 奇思妙想

1. 嫦娥为什么要去月宫？

2. 后羿会后悔去取长生不老的药吗？

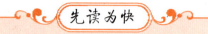

大禹治水"三过家门而不入"的故事，被后世传为美谈。可你知道吗？禹的父亲鲧，也是一名治水英雄呢！现在就让我们一起来看一看，他们到底是怎样治水的吧！

# 鲧和禹治水

人世间的恶事越来越多，野蛮、贪婪、血腥、残暴、狡诈<sup>①</sup>等丑恶行为像瘟疫一样在人间盛行。天帝非常恼怒，就派水神共工降下洪水来警告世人。滔天的洪水逼得人们住在山顶的山洞，爬上大树的树梢，吃着树皮树叶，很多的人都死去了。活下来的人也被饥饿和瘟疫<sup>②</sup>时刻威胁着。

人们生活在饥寒交迫之中，亟待被拯救。

天神鲧是天帝的孙子，他是一个善良的天神。他不忍心看到人民如此苦难，决心拯救洪水中的人民。他多次请求劝谏<sup>③</sup>他的祖父赦免人民的过错，并认为他在惩治邪恶的同时，殃及了太多的无辜。鲧为此整日愁闷不堪。一天，鲧遇到了一只猫头鹰和一只乌龟，它们告诉鲧只有偷来天庭中的息壤，才能退洪水。受到指点的鲧来到天庭，想尽一切办法，终于偷出了息壤。这息壤真是神奇，鲧将一小块碾成细末投入洪水中，随着轰隆隆的声音，滔滔洪水中顿时生出一块块陆地，陆地越长越大，逐渐与山坡连在一起。人们欢呼着从石头山上跑下来，他们得救了。可这时，天帝知道了鲧偷息壤的事，大怒，派火神祝融在羽山杀死了鲧，并夺回了息壤。没有了息壤，洪水再次蔓延，人民又回到了从前。

鲧死后，因他平息洪水的志愿未了，所以他的精魂未死，尸体三年都没腐烂，并在肚子中孕育④着新的生命——儿子禹。天帝知道后派天神用宝刀剖开了鲧的尸体。顿时，金光一闪，从鲧腹中跳出一条虬⑤龙，升上了天空，这就是禹。鲧的尸体则化成一条普通的龙跳进羽山旁的羽渊，它要等着亲眼看到儿子平息洪水，了却他的志愿。这件事后，固执的天帝有所悔悟，将息壤给了禹，并派了一条应龙帮助禹到人间治理洪水。水神共工不服禹，就掀起更大的洪水与禹作对。禹在会稽⑥山会合天下群神与共工开战，打败了共工。以后，再没有

鲧是一个体恤人民苦难、富于同情心的天神。

33

人阻挠禹治理洪水了。禹让乌龟背着息壤，将其小块小块地投向大地，填平了洪水，高处形成了山，平处是绿野大地。禹又让应龙用尾巴在大地上划出一条条河道，把洪水引到东洋大海。既堵塞、又疏导，终于治住了洪水。这时舜已年老了，万分感激的人民拥戴禹做了天子。鲧和禹治水的故事被人民世代传颂。

## 说文解字

①狡(jiǎo)诈(zhà)：阴险狡猾，诡计多端。

②瘟(wēn)疫(yì)：中医指容易引起广泛流行的烈性的传染病。

③劝(quàn)谏(jiàn)：讲事实和道理使人听从。

④孕(yùn)育(yù)：怀胎生育。

⑤虬(qiú)：古代传说中有角的小龙。

⑥会(kuài)稽(jī)：山名。

## 故事启迪

天帝作为世界的统领，恼怒时就派水神共工降下洪水来警告世人，又杀死治洪水的鲧；悔悟了又派应龙帮助禹到人间治理洪水。他一个人的情绪却导致生灵涂炭，真是太昏庸了。

而鲧和禹父子俩，却历经千辛万苦，根治洪水，拯救了人民。鲧还为此付出了生命的代价。他们舍己为人的精神品格是我们中华民族的灵魂，是中国人民的脊梁。

## 奇思妙想

1. 鲧和禹父子俩是如何治水的？
2. 你认为天帝是一个怎样的人？

## 先读为快

妈祖是我国的南方和沿海地区都非常崇拜的航海女神。传说她能够救助海上遇难的人。专门保佑航海人的平安。这里有一个关于妈祖的美丽传说，让我们懂得了只有不畏艰险，勇于助人的人才能流传后世。今天，就让我们来读一读这个美丽的故事吧。

# 妈 祖

妈祖是我国福建、广东、台湾一带以及东南亚和海外华人崇拜的航海女神。相传，她是闽南地区一户林姓人家的姑娘，从小水性就很好。

按照当地的习惯，只有家里的男人才能出海。林姑娘的四个兄弟经常出海捕鱼。一天，海上刮起了百年未遇的大风暴，海浪足有几百尺高。岸上的人们胆战心惊，牵挂着出海的亲人。正在家中焦急地等待哥哥们的林姑娘突然脸色苍白，双眼紧闭，倒在床上不省人事。父母急坏了，又推又摇，终于把她弄醒了。林姑娘睁开眼后，一句话也不说，只是又伤心又怨恨①地望着父母。不久，风暴停下来了。几天后，林家兄弟回来了，但独独不见了老四。他们一边哭，一边向父母诉说那个可怕的夜晚的遭遇：大风把他们的船刮进了大海深处，巨浪掀翻了他们的船，正当四兄弟陷入危急之时，一个姑娘踏浪而来，涉波涛如平地。大哥、二哥、三哥都被救出

写出了妈祖的身份，水性好才能"海上救兄"。

来了，但在救四弟时，那姑娘却突然不见了。四弟被海浪吞没了。

他们并不知情，只是担心女儿的安危。

林家父母明白了，那天女儿不是发病，而是她的魂魄出体外，去救援海上的亲人了。他们悔恨极了，要是不叫醒女儿，最小的儿子就不会死了。

林姑娘一生未曾嫁人，她经常乘船渡海，来往于岛屿之间。她凭着一颗菩萨心肠和一身好水性，多次在海上救护遇难的渔民和商人，被当地人称为神女、龙女、妈祖。后来，林姑娘升天做了神仙，专门保佑航海人的平安。人们为她修了庙，叫"妈祖庙"。

## 说文解字

①怨(yuàn)恨(hèn)：强烈地不满或仇恨。

## 故事启迪

渔民以出海打鱼为生，但是海上风高浪急，时时会有危险。林姑娘凭着一颗菩萨心肠和一身好水性，多次在海上救护遇难的渔民和商人，被我国南方以及东南亚和海外华人崇奉为航海女神，希望她保佑出海人平安归来。妈祖心中有众生，时刻解危济困，所以才流芳百世，被后人顶礼膜拜。

## 奇思妙想

1. 妈祖怎样救助海上遇难的人？
2. 举例说明：你帮助过有困难的人吗？

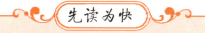

**先读为快**

许多人都知道，每年的 2 月 14 日，是西方传统的节日——情人节。其实我们中国也有自己的情人节，你知道是哪天吗？关于这个情人节，还有一段凄美的民间爱情故事呢！

# 牛郎织女的故事

从前，在一个村子里，有一个憨厚①朴实、心地善良的小伙子，叫牛郎。牛郎从小父母就死了，哥嫂把牛郎赶出了家门，只分给他一头老黄牛。牛郎在河边搭了一个草棚，白天种地，晚上编筐打篓，和他的好朋友老黄牛相依为命②。

一天，黄牛对他说："牛郎！你该娶媳妇啦！"牛郎笑笑说："咱穷成这个样子，谁家闺女肯嫁给俺呀！"黄牛连声说："有，有，明天晚上，你到河边去，王母娘娘和玉皇大帝的七个女儿会在河中洗澡，最小的女儿叫织女，你抱走她的衣服，她就会做你的妻子。"牛郎记住了老牛的话。

第二天晚上，牛郎躲在河边的草丛中，果然看到天上飞下来七个仙女在河中洗澡。牛郎悄悄抱走了织女的衣服藏在树后。仙女们洗完澡后穿上衣服飞上了天，只有织女找不到自己的衣服急得直哭。牛郎抱着衣服走出来，请求织女饶恕③他的冒失，并对她说："我把衣服还给你，你答应做我的妻子吧！"织女看到

动物是人类最好的朋友。

牛郎憨厚朴实就答应嫁给他。

他们每天辛勤地干活，男耕女织，生活得很是美满。不知不觉三年过去了，牛郎和织女的爱情有了结晶④：他们生了一男一女两个孩子，一家人过得更开心了。

可是王母娘娘知道了这件事后非常气愤，她派天兵天将前去捉拿织女。那天，晴朗的天空忽然间乌云密布，顿时狂风大作，雷电交加。正在农田里干活的牛郎急忙赶回家中，却看到天兵天将正驾着黑云拉着织女要上天去。牛郎赶快用箩筐挑上两个孩子去追，可他又不会飞，哪里追得上呢，只好眼睁睁看着织女被抓走了。这时老牛又说话了："牛郎，我快要死了，等我死后，你把我的皮剥下，披上我的皮你就会飞上天去追织女了。"说完，老牛就倒在地上死了。牛郎心如刀剜，痛苦万分，哭着剥下老牛的皮，挑起孩子，披上牛皮，飞上了天追赶织女。牛郎越飞越快，眼看着就快追上织女了，这时王母娘娘拔下头上的银簪，在他们中间划了一条线，顿时，那条线变成了一条波涛翻滚、汹涌澎湃⑤的大河，这就是银河，银河把牛郎织女隔开了。牛郎在河这边哭着呼唤着织女，织女在河那边哭着呼唤着牛郎和孩子。转眼间，牛郎化作了一颗星星——牛郎星，旁边的两颗小星星是他的两个孩子变的。织女也化作了织女星，隔着银河，和牛郎星永远悲伤地相望着。

后来王母娘娘被他们的深厚感情感动了，下令每年的农历七月七日晚上，让天下所有的喜鹊飞上天来搭成一座鹊桥，让牛郎和织女在鹊桥上相会一次。于是每年农历七月七就常会下雨，那是牛郎织女相会时

**牛郎和织女多么幸福啊！**

**家人离散，夫妻分离，世上痛苦的事莫过于此。**

**这就是中国的情人节——"七夕"的由来。**

伤心的眼泪。

①憨(hān)厚(hòu)：朴实诚恳。

②相依为命：互相依靠，谁也离不开谁。

③饶(ráo)恕(shù)：宽恕，免除处罚。

④结晶：珍贵的成果。

⑤汹(xiōng)涌(yǒng)澎(péng)湃(pài)：形容水流湍急、波浪相撞的样子。常用来形容声势浩大。

牛郎织女不能够长相厮守，就因为一个是天上的仙女，一个是地上的凡夫。其实凡人之间，又有多少因为"门不当，户不对"而制造的爱情悲剧啊！值得庆幸的是，牛郎织女有老牛这样勇于牺牲的朋友，还有善解人意的喜鹊，在每年的农历七月七日晚上搭鹊桥，让牛郎和织女在鹊桥上相会一次。"金风玉露一相逢，便胜却人间无数。"

### 奇思妙想

1. 为什么王母娘娘要把织女抓走？

2. 牛郎和织女在鹊桥上会说些什么？

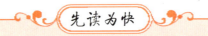
先读为快

雄伟、蜿蜒的万里长城是中国的标志，也是我们中华民族的骄傲。万里长城上的每一块砖上，都凝聚着劳动人民的血汗和泪水。它是怎样修成的？又有哪些不为人知的故事呢？

# 孟姜女哭长城

传说在八达岭一带住着两户人家，一户姓孟，一户姓姜，两家祖祖辈辈都是邻居，亲得像一家人一样。

有一年，墙东孟家在墙边种了棵瓜秧，瓜秧慢慢长大，顺着墙头爬到了隔壁姜家，在姜家的墙边结了一个瓜。这瓜长得又大又圆，溜光水滑，谁看见谁夸，

非常稀奇。到了秋天摘瓜的时候，孟家和姜家商量：这瓜跨了两院，就用刀切开，一家分一半。可没想到刀刚架到瓜上，瓜就"咔嚓"一声自己裂成两半了。里面躺着一个小婴儿，又白又胖，正哇哇地哭呢。大家都非常惊奇，赶紧抱起孩子一看，是个漂亮的小女孩，孟家、姜家高兴极了，<u>两家都没有孩子，就把孩子共同抚养下来，并取名"孟姜女"。</u>

两家人的宝贝，孟姜女童年很幸福。

日子过得飞快，不觉之间，小孟姜女已经长到了6岁。

孟家有一女仆，刺绣功夫好，女仆干活时，小孟姜女常在一旁看，看过几回后，就学着自己动起手来，居然也很像样，女仆很惊讶，便手把手教，<u>小孟姜女悟性高，没多久，刺绣也做得像模像样了。</u>

<u>姜员外见小女有些灵性，有空时也给小孟姜女解读一些诗辞歌赋，那个女仆知道一些稗官野史①故事，也把这些讲给小孟姜女听。小孟姜女记性好，十五六岁时，不仅知道了好些历史人物的刚烈故事，而且也知书达礼。</u>

这里写了孟姜女的聪慧优秀。为后面写她的悲惨遭遇埋下伏笔。更加深刻地揭露了秦始皇的残暴行为。

孟姜女在姜、孟两家的呵护下渐渐长大了，出落成一个亭亭玉立②的漂亮姑娘。一天，她正在花园中游玩，忽然看见花丛中躲着一个人，那个人看起来像个书生。孟姜女以为是坏人，赶忙叫来爹爹孟员外。孟员外把书生叫出来一问才知道，他叫范喜良。那时候，秦始皇为修长城，在全国上下抓壮丁。修长城的壮丁十有八九都回不来，范喜良为躲抓壮丁，从家乡逃到这儿。孟员外看小伙子眉清目秀，举止文雅，知书达礼，就让范喜良留了下来。范喜良不但读书好，还勤快能干，受到大家喜爱，孟姜女也暗暗喜欢上了他。

转眼间，孟姜女到了该出嫁的年龄了，孟、姜两家一商量，觉得范喜良不错，跟女儿一说，女儿满心欢喜，满脸羞红地同意了。于是，两家欢天喜地地筹备③婚事。结婚那天真是热闹极了，可没想到就在两人要入洞房时，县官带着抓壮丁的衙役来了，不由分说抓走了范喜良。可怜的孟姜女哭得像泪人一样，她呆呆地坐着，一天天等着范喜良。可是等了三个月都没见丈夫归来，孟姜女决定去长城找范喜良。她走呀，走呀，磨破了衣衫，磨破了鞋，历尽了千辛万苦终于来到了长城脚下。无数的壮丁在烈日下流着汗背石头，好多人已经累得爬不起来了。修筑长城的巨大的石块，全凭民工们一锤一锤凿出，并手拉肩扛，一块一块垒起来，民工们稍有怠慢，监官们手中的皮鞭就会雨点般地落下来，受不了如此残酷折磨而死在长城工地的民工更是不计其数。孟姜女看到这些悲惨的场面，心惊肉跳，悲恸不已④，更加急切地去找丈夫，可是找来找去也没找到。最后，心急如焚的孟姜女一边找一边哭喊着："喜良，你在哪里？喜良，你在哪里？"有一个壮丁走过来对孟姜女说："你在找范喜良吧？"孟姜女高兴地抓住他的手说："是的，大哥，你知道他在哪里吗？"那壮丁难过地低下头说："他三天前死了，就埋在那边长城根下。"孟姜女听到这个噩耗⑤，差点昏死过去。她跌跌撞撞来到长城根下，那里满是白骨，不知范喜良究竟埋在哪里。孟姜女失声痛哭，哭得天昏地暗。哭着，哭着，只听"轰隆"一声，原来厚实的长城有一段轰然倒塌了，露出了范喜良的尸骨。孟

比喻句，"皮鞭像雨点"说明监官们的残暴和民工们的饱受折磨。

用夸张的手法写出了孟姜女对丈夫的深情。

姜女扑到丈夫尸骨上更是大哭起来。

听说有人哭倒了长城，秦始皇大怒，派人把孟姜女抓了起来。一见到孟姜女，他立刻被孟姜女的美丽迷住了。他对孟姜女说："你哭倒了长城，该当死罪。但如果你答应做我的妃子，我便饶了你。"孟姜女看着眼前的暴君⑥说："我答应你。但你必须和我一起到长城，我要亲手埋葬了我丈夫，再嫁给你。"秦始皇为了得到孟姜女就答应了。来到长城脚下，孟姜女走到长城根，愤怒地指着那一堆堆白骨对秦始皇说："暴君！你看看这白骨，你害得多少夫妻离散，家破人亡。要我嫁给你这个暴君？做梦去吧！我要和我丈夫到阴间再做夫妻。"说完，一头撞向长城，长城轰然倒塌，埋葬了孟姜女和范喜良的尸骨。从此，孟姜女哭长城的感人故事在民间流传开来，至今仍被人们传颂着。

生生死死永不分离。

## 说文解字

①稗(bài)官(guān)野(yě)史(shǐ)：稗官：古代的一种小官，专给帝王搜集街谈巷语，道听途说，以供省览，后称小说或小说家为稗官。指旧时的小说和私人编撰的史书。

②亭(tíng)亭(tíng)玉(yù)立(lì)：形容身材修长美丽或花木等细长挺拔。

③筹(chóu)备(bèi)：筹划准备。

④悲恸(tòng)不已：形容伤心到了极点。

⑤噩(è)耗(hào)：指人死亡的不幸消息。

⑥暴君：凶恶残暴的君主。

中国的万里长城是世界八大奇迹之一，从月球上都能看到它的身影。当年秦始皇征召民夫修建长城，为的是想抵御外来的侵略。可是这浩大的工程，却害得多少夫妻离散，家破人亡。故事的主人公孟姜女只不过是其中之一罢了。

在封建社会，统治者为了统治阶级的利益，是不顾老百姓的死活的。性情刚烈的孟姜女，在残暴的帝王面前，敢于反抗，以死相拼，反映了广大人民对统治者的强烈不满，以及勇敢的反抗精神。

1. 有了万里长城，就能抵御外来的侵略吗？

2. 简评：我们要学习孟姜女的什么精神？

**先读为快**

　　麻姑是一位善良的姑娘，为了救助一位素不相识的老婆婆，被脾气暴躁的父亲关了起来。后来，她又多次因为帮助别人而被父亲责罚，但是麻姑依然不改初衷。最后麻姑跟随梨山老母修道成仙。让我们一起来读这个乐于助人的故事吧。

# 麻姑献寿

　　麻姑是一位象征吉祥与长寿的神仙。她的形象源于南北朝时期中国北方的一位姓麻的少数民族姑娘。

　　麻姑的父亲叫麻秋，早年在集镇上替人养马为生。麻姑的母亲在一场战乱中被官兵抢去，从此再也没有回来。麻秋失去了妻子，性情一直很坏。麻姑因为长期与汉人做邻居的原因，从小就向汉人学了一手好针线活，等到年龄稍大一点就常为有钱人家做针线活挣点小钱。

　　一次，麻姑做针线活得了一个桃子，她回家的时候，看见路边围着一圈人，就好奇地走过去。一位身着黄衣衫的老婆婆躺倒在地上，奄奄一息①。有几个人说："老婆婆是饿的，如果吃点东西，也许会好的。"可是，谁也没有拿出东西给老婆婆吃。那时兵荒马乱②，田地都荒芜了，粮食很珍贵，谁愿意将自己的粮食给一位素不相识的人呢？麻姑看不过去，就从怀里拿出那只桃子，蹲下身扶起老婆婆，用桃子喂她。桃子又甜又大，老婆婆吃了很快缓过劲来。

　　麻姑用自己都不舍得吃的东西喂老婆婆。她多么善良啊。

老婆婆开口说："孩子，谢谢你，你能不能再给我喝点粥?"

"好呀，我就回去帮您煮去。"

麻姑回家就生火煮粥，把街上遇到的情况告诉了父亲。父亲麻秋恶狠狠地说："这种老家伙，饿死算了!你给她吃桃子，已经是她很大的福分了。我们家的粮食本来就不够，你竟自作主张煮粥给她，实在是不像话!"父亲不让麻姑为老婆婆送粥，并把她关进了后屋不许外出。

半夜里，麻姑仍惦念着街上黄衫老婆婆的情况，她听到前屋的父亲已呼呼入睡，就从锅里舀了一碗粥，快步来到街上，但街上除了狗吠声，哪儿还有老婆婆的踪影。麻姑很焦急，到处寻找老婆婆。

月光下，只见原来老婆婆坐的地方，有一颗桃核，麻姑拾了起来。这时父亲麻秋醒来了，发现女儿不在家中，便找到街上，气急败坏③地把麻姑拖回家，狠狠地打了一顿。

第二天晚上，麻姑刚睡下，就看见穿黄衫的老婆婆朝自己笑盈盈地走来了。老婆婆抚着麻姑的头说："孩子，谢谢你!亏你有一片善心。那桃子果然是好东西，我吃了已经足够益寿延年了，你放心吧。"说完就飘然而去。

早上起床，麻姑把收藏好的桃核在自家的院子里种下，一年后，就成了一棵大桃树。奇怪的是，这棵桃树在正月里就开花，三月里就结出又大又红的桃子，许多人都来看热闹。三月正是青黄不接④的时节，麻姑就用桃子接济附近一些饥贫交迫的老人。更奇怪的是：吃了麻姑送的桃子，那些老人不仅能几天不吃饭也不觉得饿，而且原来身上的小毛病也都好了。

集镇上的老人见麻姑这样善良能干，私下都说她是天仙下凡，就称她每年三月的送桃是"麻姑献寿"。

后来，麻姑的父亲从了军，因为作战勇敢，几年后被封为征东将军。

麻姑虽然做了高级将领的女儿，但还和往常一样和邻里们相处在一起，一点也没变。父亲麻秋很不满意女儿还和这些穷人们来往，觉得丢了自己大将军的面子。他听说麻姑所种的那株桃树后，更加不舒服，就命令手下把桃树砍了，还烧了原来的房子，硬逼着麻姑住进了将军府。

一天，麻姑感到烦闷⑤，就由丫环陪着，走出府外散散心，看见集镇周围在大兴土木。许多民工在辛苦地劳动，就问丫环是怎么回事。

丫环回答说："这是老爷抓来的俘虏⑥和拉来的劳工，将军要筑城与外族人打仗。小姐你看，老爷在那儿监工呢！"

顺着丫环指的方向，麻姑看见父亲正在用鞭子抽打着从他面前走过的劳工，嘴里不停地喊"快！快！"

麻姑实在看不下去，走向前去劝说："爹爹，你让他们也喘口气吧，他们又不是牲口！"

但是，麻秋两眼一瞪，说："去，去！女孩儿家懂什么！"

麻姑看见民工伤病很多，非常同情他们，常常瞒着父亲从将军府拿些药来给民工们医治，有时还为民工们缝补衣物。

我的评点

再一次使麻姑的善良和父亲的冷酷自私形成对比。

得知民工们做夜班很辛苦，一直要做到鸡叫才能休息，麻姑曾多次要求父亲多给民工一点休息时间，结果却遭到父亲的严厉呵斥。麻姑明白求父亲是没有用的，她决定另想办法。

一天夜晚四更天，麻姑悄悄地来到鸡窝旁，轻轻地学公鸡叫："喔，喔，喔——"鸡窝里的公鸡也昂着头，跟着啼叫起来。集镇上的其他雄鸡听见了，都跟着"喔，喔，喔——"啼叫起来。做夜班的民工们听见鸡叫，就可以提前收工回家了，他们兴奋地大叫："收工啦！"一连几天都是这样，民工们都还不知道公鸡早啼是麻姑帮的忙。

开始时，麻秋还没注意，后来，他觉得有什么地方不大对头。他派人暗中监视麻姑，终于证实了自己的怀疑。麻秋很恼火，一定要惩治⑦女儿，就叫人先把麻姑锁进闺房⑧内。

麻姑被锁在闺房，想逃出去，但一点办法也没有。这时，一扇窗户打开了，麻姑一看，竟是穿黄衫的老婆婆。老婆婆说："孩子，我们又见面了，你和你父亲的缘分已尽，还是跟我走吧。"原来，这位穿黄衫的老婆婆是梨山老母，上次她吃了麻姑的桃子是普通桃子，留下的却是仙桃核，让麻姑去接济贫困老人。她觉得麻姑是位善良的姑娘，所以这次来解救她，并带她去修道成仙。

从此，麻秋再也没见到过自己的女儿。不过，麻姑跟随梨山老母修道成仙后，每年三月，经常送桃给贫困的老人吃，不少人还遇见过她哩。

说文解字

①奄(yǎn)奄(yǎn)一息：形容气息非常微弱。

②兵(bīng)荒(huāng)马(mǎ)乱(luàn)：形容战争时期混乱不堪的景象。

③气(qì)急(jí)败(bài)坏(huài)：呼吸急促，失去常态。因愤怒或激动而慌张地说话、回答或喊叫。

④青黄不接：指陈粮已经吃完，新粮还未成熟，口粮连续不上。农家常指春夏之间。比喻财力、物力、人力暂时的中断。

⑤烦闷：苦闷，急躁。

⑥俘(fú)虏(lǔ)：战争中捉住的敌人。

⑦惩(chéng)治(zhì)：处罚，警戒。

⑧闺(guī)房：旧指女子住的内室。

故事启迪

在中国桃子是长寿的象征，有一幅传统年画名为《麻姑献寿》，画的就是手捧仙桃的麻姑。尊老爱幼、扶危济困自古以来就是中华民族的传统美德，相信这也是麻姑被列为八仙之一的重要原因。

其实在现实生活中，我们身边也许就有需要帮助的人。是助人为乐，还是视而不见，对于我们每一个人的良知和品德，都是一个考验。如果人人都像麻姑那样，交上一份合格的答卷，我们的生活一定会更加美好。

奇思妙想

1. 麻姑为什么要把桃子给老婆婆吃？
2. 你还知道哪些有关桃子的故事？

　　著名歌星邓丽君的一曲《阿里山的姑娘》婉转悠扬，旋律优美，让多少歌迷对阿里山心生向往，念念不忘。你知道吗？美丽的阿里山，是祖国的宝岛——台湾的一处风景名胜，关于它，还有一个美丽的传说呢！

# 阿里山的传说

阿里山的过去与现在为何对比如此鲜明呢？

　　在祖国宝岛台湾有一座著名的山叫阿里山。阿里山风景秀丽，鸟语花香。

　　但在从前，阿里山寸草不生，光秃秃的，人们都叫它秃山。在秃山北面山谷中住着一个靠打猎为生的小伙子，名叫阿里，他心地善良，为人正直，经常帮助山里迷路的人。

　　一天，阿里正在追赶一只野兔，突然，听到有人喊救命，循声望去，只见一只大老虎正扑向两个采花姑娘。勇敢的阿里急中生智①，急忙用箭射伤了老虎的两只眼睛，老虎痛得大吼一声，落荒而逃②。刚赶走了老虎，这时又从远处飞来一个拄着龙头拐杖的老头，二话不说，硬拉着两个采花姑娘往天上拽。阿里一着急，一把夺过老头的拐杖猛的在老头前额上一敲，老头没有被击倒，但敲出了一个大疙瘩。痛得他捂着头一溜烟飞上天不见了，连龙头拐杖都忘了拿。不一会儿，原来晴朗的天空突然雷声大作，两个姑娘慌作一团。阿里摸不着

中外神话传说故事

头脑地问："这究竟是怎么回事？"姑娘说："这下可惹下大祸了。我俩本是天宫的仙女，溜下凡间到这台湾岛来游玩，误了回天庭的时辰，又遇见老虎，多亏你救了我们。刚才那个老头就是老寿星，他是玉帝派来抓我们回去的，你打了他，玉帝要派雷神用雷火烧死这一带的生灵呢。不能因为我俩而连累这一带的生灵，让我们去把雷火引开。"敢作敢为的阿里拦住她们，自己飞奔上了秃山。他一口气跑到山顶，对着天空高喊："雷神，祸是我惹的，不要伤害无辜，一人做事一人当，把你的雷朝我身上击吧！"雷神轰隆隆怒吼着把雷火击到了阿里身上，把阿里击得粉身碎骨，但雷火在秃山上却没有蔓延，一小会儿就熄灭了，万物生灵得救了。

阿里不愧为一个顶天立地的英雄。

阿里死后，光秃秃的秃山竟然长满了郁郁葱葱③的树，满山遍野生长着花草，人们都说那是阿里被击碎的皮肉与头发变成的。被老寿星丢在半山腰的龙头拐杖也变成了一棵参天大树。美丽的花草则是两位仙女

是阿里的血肉之躯让秃山变得如此美丽。

51

变的来陪伴阿里哥的。从此秃山变成了美丽的山，人们把它改名为阿里山。

## 说文解字

①急中生智：在情况紧急之时或在危急中突然想出应对的办法。
②落(luò)荒(huāng)而(ér)逃(táo)：离开大路，跑向荒野。
③郁(yù)郁(yù)葱(cōng)葱(cōng)：形容（草木）苍翠茂盛。

## 故事启迪

心地善良，勇敢正直的小伙子阿里，因为救两位因下凡而落难的仙女，打伤了老虎，得罪了寿星和玉帝。为了避免让玉帝所派的雷神涂炭一方生灵，阿里勇敢地承担了责任，并用自己的血肉之躯，把寸草不生的秃山变成了人间仙境。

雷火虽然烧毁了阿里的生命，但却毁不灭他的精神和灵魂。阿里是个不怕牺牲，勇于担当的英雄。他的精神，甚至感动了仙女。她们化作美丽的花草，永远与阿里相依相伴。

## 奇思妙想

1. 玉帝为什么要派雷神用雷火烧死这一带的生灵呢？
2. 给台湾小朋友写一封信吧，请他们介绍一下阿里山的美景。

中外神话传说故事

　　古语说，"为人不做亏心事，半夜不怕鬼敲门。"可是世界上，到底有没有鬼呢？对了，这世上是不会有鬼的。但是在我国古代，人们因为种种原因，流传下来很多关于鬼的故事哦！现在让我们一起来读一个捉鬼的故事吧。

# 钟馗捉鬼

　　据说，唐玄宗皇帝在骊山巡视士兵操练之后，回到宫中闷闷不乐，染上了疟疾，就躺在床上昏昏睡去，做起梦来。

　　他梦见一个小鬼，一只脚是赤着的，另一只脚穿着鞋，腰上还吊着一只鞋，别着一把竹扇子，下身穿了一条红布兜裤。小鬼偷走了杨贵妃珍爱的香袋和玄宗珍贵的玉笛，并在寝宫①内奔跑嬉闹，拍拍玄宗的头，捏捏玄宗的鼻子，故意戏耍玄宗。

　　玄宗恼羞成怒，大声斥骂，问他到底是什么人。小鬼笑着说："我叫虚耗，虚就是说偷盗人家的财物如同儿戏，耗就是使人减喜添忧，把好事变成坏事。"

　　玄宗怒不可遏，刚想下令武士前来捉拿，忽然看见一巨鬼闯进来，他头顶破帽，穿着蓝色的袍子，系角带，蹬朝靴，不费吹灰之力，一把抓住小鬼，先挖出他的双眼，然后把身子折成两段，从头部开始咔嚓咔嚓整个儿将那小鬼吃下肚里。

　　"抓、挖、折、吃"几个动作把钟馗捉鬼的场景描绘的十分逼真。

玄宗大惊失色，忙问："你是何人?"

那巨鬼向玄宗作了个揖，说道："我是钟南县的进士钟馗，因为在武德中参加殿试落第，无颜回去见家乡父老，就撞死在殿前的石阶上。高祖听说后，赐予我绿袍并厚葬，臣铭刻在心，因此帮助圣上除去虚耗这个妖孽②。"

钟馗说完，玄宗便醒了，疟疾也不知不觉得好了。玄宗非常高兴，赶忙叫来画家吴道子，依照梦中形象为钟馗画像，吴道子身手不凡，如亲历梦境般地画完呈上御殿，玄宗看完画像。连连赞叹，立即下旨，晓喻天下：钟馗力大无比，能驱魔鬼，镇妖气，全国百姓在除夕之夜务必张贴钟馗画像。

此后，为了避邪，人们在除夕之夜都要张贴钟馗画像。

**说文解字**

①寝(qǐn)宫(gōng)：帝、后等居住的宫殿。

②妖(yāo)孽(niè)：迷信的人指妖怪，也比喻怪异不祥的人或事物。

**故事启迪**

《钟馗捉鬼》是过去中国民间除夕的时候，家家都贴的一张年画。为的是钟馗把一切灾难、疾病和祸患等"小鬼"都挡在门外，抓住消灭，让一家大小都平平安安，没病没灾的。表现了人们的一种美好的愿望和祝福。

其实人有时候是自己吓自己，胡思乱想，心存不可告人的想法才会心中有"鬼"。只要我们心地光明磊落，做事坦坦荡荡，就没有什么可怕的。

1. 钟馗为什么要捉小鬼？

2. 你还知道哪些中国传统的年画？

有一首儿歌大家都会唱："世上只有妈妈好，有妈的孩子像个宝。投进妈妈的怀抱，幸福享不了……"是啊，没有什么地方比妈妈的怀抱更温暖、更幸福了。可是，有一个叫沉香的孩子，只为了投进妈妈的怀抱，却经历了千难万险……

# 劈山救母

我的评点

在华山西峰上，有一块巨石，拦腰断为三截，石下的空间宛如一个妇人仰卧时留下的印痕，形象生动，这就是斧劈石。世间流传的沉香劈山救母的故事就发生在这里。

相传，玉帝的三女儿三圣母住在西岳庙内的雪映宫里，百姓求签问卜，无不异常灵验①，所以宫内一年四季香火兴旺。人们都亲切地称她为三娘娘。

有一年春天，一位姓刘名玺，字彦昌的书生进京赶考。华阴是他的必经之地，他听说西岳庙里的三娘娘非常灵验，就恭恭敬敬地走进庙来，诚惶诚恐②地上了一炷香，叩了三个头，想问一问自己的前途如何。

不料，那天三圣母并不在宫中，刘彦昌连抽三签都是空签。想到十载寒窗，却功名无望，刘彦昌不由悲从心中来，便写了一首打油诗，题在雪映宫的墙壁上。

在这首惹起事端的诗里，刘彦昌这样写道："刘玺提笔怒满腔，怨乃圣母三娘娘，安居神龛心如铁，枉受香火在一方。"写完了诗，刘彦昌顿觉消了些气，看了看四周的景色，然后扬长而去。

当天，三圣母回到宫中，看到墙上的诗，不由得又羞又恼。她的随身丫环灵芝更是义愤填膺③，安慰三圣母说："公主且莫生气，想那狂生去了没有多远，我一定给他点颜色看看，为公主报这侮谩之仇。"

于是，主仆二人驾起云头，唤来风伯雨师和雷公电母，命令他们即刻作法。

当时，刘彦昌正在赶路。突然之间，晴朗的天空一下子阴云密布，一刹那间便狂风大作，电闪雷鸣，暴雨如注，还没有等他想出个所以然来，已变成了一只落汤鸡。可怜他一介书生，没挣扎几步，就跌倒在

57

泥泞中。

三圣母怨恨已消，心中大快，令四位仙师收去云雨，站在云头向下仔细一望，这才发现倒在地上的竟是一位眉清目秀、弱不禁风④的白面书生。只见他的蓝衫上沾满泥水，书箱倾翻一旁，文房四宝散落一地。

她一想到这场风雨说不定会断送这位书生的前程，不由得轻轻地叹了一口气。

灵芝见刘彦昌的狼狈相，早动了恻隐之心⑤，又看三圣母对刘彦昌心生爱慕，更欲成人之美，连忙说："那书生并无恶意。这场风雨也太猛了些。我们可不能见死不救呀。"

说着，纤指一点，一座竹篱茅舍就出现在刘彦昌的前方。茅屋里走出了一位白发老婆婆和一位妙龄村姑来。

婆婆与村姑把昏迷不醒的刘彦昌搀进了茅屋，煎药熬汤，照料得十分周到。不久，刘彦昌醒过来了，但身子却十分虚弱，在村姑和婆婆热情挽留下，他又住了些日子。

情深意长，终成眷属。

在这段日子里，村姑与刘彦昌一见如故⑥，他们竹间和诗，灯下伴读，相敬如宾，不久，便结为夫妻。

这之后，考期在即，刘彦昌不敢久留，于是约定归期，恋恋不舍地赴京应试去了。

这婆婆乃是灵芝所变，村姑则是多情的三圣母。

玉皇大帝知道后，大为震怒，立即派二郎神前去捉拿三圣母。二郎神来到雪映宫，斥责三圣母违犯天规，罪责难赦。三圣母却表示，宁可仙籍除名，也要与刘彦昌两情相伴，白头偕老⑦。

二郎神一气之下，施展法力把三圣母压在了华山西峰的石头下。

刘彦昌辞别了三圣母后，到京城赶考，榜上有名，很快被朝廷派往洛州出任知县。他春风得意急于回家团聚，然后携妻子同去洛州赴任。

可是几个月前喜结良缘的那座竹篱茅舍早已荡然无存⑧。刘彦昌四处打听，人们都说那儿从来没有过什么村庄，更没有过什么婆婆与村姑。刘彦昌欲哭无泪，欲诉无门，只好独自一人到洛州赴任去了。

三圣母在与刘彦昌生活的那些日子已经身怀有孕，她被压在华山下，竟然在山下生了一个儿子，取名叫沉香，并用血书包裹着沉香，让丫环灵芝送往洛州刘彦昌处。

这时，刘彦昌才知道自己的妻子原来是位神仙，他为三圣母的深情所感动，也为她被压在华山下气愤不已，但一介凡人，又有何办法呢？只好一心一意地抚养着沉香。

很快，沉香已经长成了一个十四五岁的少年郎，从父亲的口里，他得知了自己的身世。悲痛万分的沉香暗暗下定决心，要去华山救出母亲。

灵芝为了使沉香练出一身能够战胜二郎神的武艺，也为了能从天宫盗出最神秘的武器神斧，以便今后助沉香打败二郎神，她不惜毁坏了自己千年修炼来的道行，化身为石。

在灵芝的帮助下，沉香不但获得了神斧，而且学会了一身超强武艺。当沉香觉得报仇救母的时机已到，便怀着满腔的仇恨来到华山。

我的评点

沉香如此爱妈妈。你爱妈妈吗？

沉香终于能来救母亲了。沉香是个勇敢的孩子。

但偌大一个华山，到处巨石林立，哪里才是母亲被压之处呢？找来找去总是找不到，沉香不由急得放声大哭，一直哭得天昏地暗，日月无光。这时，连山神也被沉香的哭声所感动，他小心翼翼⑨地出来指点说："可怜的孩子啊，你娘就压在莲花峰下面。"

沉香遵照山神指点，擦干眼泪，驾起云朵，升到半空中，举起神斧朝西峰顶端奋力劈下。只听轰然一声，天摇地动，巨石拦腰断为三截。三圣母从巨石下慢慢走出来，一时间，母子俩悲喜交集，不由痛哭失声。

此后，多事的二郎神又来惹是生非⑩，沉香凭自己一身神武的本领将二郎神打败了。一家人终于团圆了，而刘彦昌也弃官不做，来到华山隐居，一家三口幸福地过日子。只是，那位忠义的灵芝已经不能再看到这幸福的一家了……

母子团聚，这是喜悦的泪水。

### 说文解字

①灵验：效果十分好；预言得到验证。

②诚（chéng）惶（huáng）诚（chéng）恐（kǒng）：形容十分小心谨慎，或极为害怕不安的样子。

③义（yì）愤（fèn）填（tián）膺（yīng）：义愤：对违反正义的事情所产生的愤怒；膺：胸。发于正义的愤懑充满胸中。

④弱（ruò）不（bù）禁（jīn）风（fēng）：连点风都经受不住。形容身体很虚弱或娇弱。

⑤恻（cè）隐（yǐn）之心：对别人的痛苦和不幸表示同情。

⑥一见如故：初次见面就像老朋友一样很合得来。

⑦偕(xié)老(lǎo)：夫妻和睦，生活到老。

⑧荡然无存：形容东西消失得一干二净。

⑨小心翼翼(yì)：形容十分小心，不敢疏忽的样子。

⑩惹(rě)是生非：招惹是非，引起事端，制造麻烦。

从"牛郎织女"到"董永与七仙女"，再到《聊斋志异》里的众多人狐恋情，我国古代的民间故事传说中，神仙与凡人、凡人与妖的爱情，只因身份不同，总是历经坎坷和磨难，为天地的主宰——以玉帝为代表的天庭所不容，用尽千方百计把他们拆散，因而也就留下了那么多流传后世的爱情悲剧。

《劈山救母》原本也是一出爱情悲剧，只是因为有了勇敢、坚强的沉香，历经艰苦磨难，终于劈山救母，最后才一家团圆。

1. 三圣母为什么被压在了华山西峰的石头下？

2. 多事的二郎神还会再来惹是生非吗？

ng Wai Shen Hua Chuan Shuo Gu Shi

中外神话传说故事

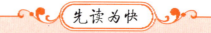

先读为快

　　铁拐杖和酒葫芦是"八仙过海"中铁拐李的独特标记。据说铁拐李从前是个眉清目秀的书生，只因读书屡考不中，从此看破红尘，离家出走，四处学道访仙。一天铁拐李神魂出窍，随太上老君外出访友。等到他回来的时候，却发现自己的肉体已被火化了……

# 借尸还魂

李玄读书不成，转而修道。

　　八仙中的铁拐李本名李玄，原本是一个眉清目秀、文质彬彬的书生，一心想考取功名，但是，一连考了多年，却总是名落孙山，从此，他看破红尘，离家出走，四处学道访仙。

　　铁拐李——那时他还叫李玄，在一座深山的幽谷里找到一座岩洞居住下来，但几年过去了，李玄自感收效甚微。一天，他在沉睡中梦见一位仙人对他说："修道成仙可不是读书写字，没有名师的指点，仅靠自己的勤奋，要想自学成仙，恐怕是事倍功半，甚至是徒劳无功。"

　　醒后，他猛然想起与华山上的太上老君李耳乃是同族，如果能去拜他为师，必能得道成仙。

　　李玄当下就直奔华山，在莲花峰，迎面走来两个道童，这两个道童问他："你是李玄吗？"

　　李玄觉得很奇怪，客气地回答说："两位道兄怎么知道我的姓名呢？我们可是素不相识①呀。"

两个童子说："你千里迢迢②跑到华山来，不就是想寻访太上老君学道吗？我们就是他老人家派来接你的。"李玄听了又惊又喜，便随同两位童子一起来到太上老君隐居的草堂。李玄上前拜见后，老君问他为何事而来。李玄将自己的苦恼向他说了一遍。太上老君说："学道其实可以没有老师的，也没有天生的缘分可以利用，而是要找出好的办法，但仍然得靠自己。你只要专心去修行，总会有成功的一天。"

大约是考虑到李玄的诚意，太上老君虽说学道不需要老师的指点，但还是传授了李玄几招，李玄当即牢牢地记在了心中。

聆听太上老君的教诲③，经过指点后，李玄信心大增，他回到了原来修行的地方，继续潜心修炼。他经常一打坐就是一天，还时时到高旷之处呼吸，吐故纳新。久而久之，渐渐有了收获，达到了形神分离④的境地。

一天，李玄在山上散步，忽然之间，他听到一阵美妙的仙乐从空中传来，他急忙抬头一看，只见空中祥云飘飘，霞光万丈，一对仙鹤从远处飞来，而太上老君则站在一朵棉花般的白云上。

李玄见了，倒身跪拜。太上老君说："你苦心修炼，道术大有长进，实属不易，我要到各地出游访仙问友，想带你同去，以激励你学道，你十天后神驰我处，我们一同出发，千万不可失约。"

听到太上老君亲自邀请自己与他一同到各地出游，李玄心里非常高兴。转眼十天过去了，他准备

一理通，百理通，做任何事情都是如此。

这是比喻的修辞手法，用棉花来比喻白云的轻柔。

63

神往老君处。出发前，他对徒弟杨子说："我现在去赴太上老君师祖之约，神魂离去，但肉身却留在家里，你要悉心看护，千万不可大意让鸟兽叼去，要是过了七天还不见我的神魂归来，你就将我的肉身焚化。以七天为期，千万记住！"

说完，李玄盘膝而坐，运用神功，一瞬之间，他的神灵已经出窍，向老君飘然而去，而他的肉身却留在家里，保持打坐的姿势。

杨子遵照老师的要求，寸步不离⑤地看着他的肉体。

到了第六天的时候，杨子的叔叔突然来找他，说是他的母亲病危，临死前想见他最后一面。杨子听后恸哭不已，既想回家探母，又想看守师父的肉体，十分矛盾。但经不住他的叔叔在一旁再三催促，他只得说："师父的神魂已出游，临行前叮嘱我小心看护，限期七天，如今已到了六天，我现在走了谁来看护？"

杨子的叔叔根本不相信杨子的话，认为他在胡说八道，从没见过有谁死了六天还能还魂的，不由分说拉着他就要走。

杨子想想不妥，走了半路不肯走了，他的叔叔说："那就赶快将你师父的肉体火化掉，便同我一起回家吧，回去晚了，你就见不到你老娘最后一面了，难道你想做个不孝之子吗？"说完，就与杨子一起动手，搬来柴草，将李玄的肉体火化了。

李玄和老君一起神游回来，与老君告别，老君赠他一偈："辟谷不辟麦，车轻路亦熟。欲得旧形骸，正逢新面目。"

既要遵守对师傅的承诺，又想回家对母亲尽孝，杨子左右为难。

李玄听了，也不明白是什么意思。等他的神魂回到洞中，却怎么也找不到自己的肉身，也不见了弟子杨子的身影。

李玄大吃一惊，急忙出洞寻找，找了好久，在一座山坡看见一堆焚烧后的骨灰，他这才明白自己的肉体已被火化了。

这样，李玄的神魂无处可去，他只得另想办法，否则永远也只能做一缕青烟似的游魂了。仓促间，突然发现不远处有一具乞丐的尸体，便不顾一切地将自己的魂魄附在那尸体上。

等他起来走到河边一照，才发现自己衣衫褴褛，蓬头垢面，更严重的是，有一只脚还是跛的，只得手拄拐杖踽踽⑥而行。

李玄从此从一个英俊的书生变成了乞丐，他的名字也就成了铁拐李，真名李玄反倒没几个人知道了。

①素（sù）不相识：从来不认识。

②千（qiān）里（lǐ）迢（tiáo）迢（tiáo）：路途遥远。

③教（jiào）诲（huì）：教导，劝说。

④形神分离：指物质形体和人的精神或灵魂分开。

⑤寸步不离：一步也不离开，形容仔细的呵护，细心看守。

⑥踽（jǔ）踽（jǔ）：形容独自走路时孤零的样子。

故事启迪

李玄原本是一个眉清目秀、文质彬彬的书生，跟随太上老君修行后小有成就，达到了形神分离的境地。为激励他学道，太上老君带他到各地出游访仙问友。谁料乐极生悲，回来后发现自己的肉体已被火化，只能将自己的魂魄附在那乞丐的尸体上，真是世事难料啊！

不过李玄毕竟是得道成仙之人，没有怨天尤人，自暴自弃，而是继续扶危济困，勤加修炼，终于跻身八仙之列，留名千古。人的形象可以改变，但只要人的精神不丢，必将永世长存。

1. 李玄为什么会从一个英俊的书生变成了乞丐？

2. 李玄是如何修行成功的？

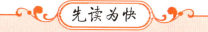

## 先读为快

龙女原是东海龙王的小女儿，漂亮聪明，深得龙王的宠爱，视若掌上明珠。但是她后来为什么跟在观世音身后，与红孩儿（善财）一起成为观世音的善财龙女呢？原来，这里面还有一个曲折的故事呢！

# 龙女拜观音

在观音菩萨身边，有一对童男童女，男的叫善才，女的叫龙女。龙女原是东海龙王的小女儿，长得非常漂亮，人也聪明，因而深得龙王的宠爱，视若掌上明珠。

一天，龙女听说人间每到正月的时候就要闹花灯，非常热闹，便向龙王老爹吵着要去看一回。

龙王说："人间太复杂了，可不是你龙公主去的地方啊！"龙王不依。龙女见软的不行，便想：你不同意我去，我就不能悄悄地去吗？

到了黄昏时分，龙女偷偷溜出宫门，顺着潮水上了岸，摇身一变，变成一个渔家少女的模样，来到了海边的一个镇子。

镇子上正在办灯会，到处是花灯，观灯的人很多，简直就是人山人海，煞是热闹。龙女长了这么大，还是第一次看到这种盛况，非常兴奋。她似痴似呆地站在一座灯山前，看得出了神。

小龙女性格活泼任性。

67

原来神仙也有自身的弱点啊！

这时，不知什么人从阁楼上泼下半杯冷茶，正好泼在龙女头上。龙女大吃一惊，心中暗暗叫苦不已——凡是变成了人形的龙，沾不得半滴水，一沾到水，就再也保不住人的模样。

龙女心急如焚①，她怕自己在大街上现出龙形，那样一定会引起人们的恐慌，二则会招来风雨，两种可能带来的后果都将是严重的——人群一时惊慌大乱，其后果可想而知了。

鱼儿离开水毫无作为，情况十分危急。

龙女不顾一切地挤出人群，拼命地向海边跑去。但是，她刚刚跑到海滩上，已经支撑不住了，一下子变成了一条五尺长的大鱼，躺在海滩上张着嘴却半点也动弹不了。

这时，从远处走来了两个捕鱼的小伙子，他们看到这条躺在沙滩上的大鱼，一下子愣住了。"这是什么鱼呀！怎么会搁在沙滩上呢？"两人围着大鱼观看了一阵子，然后扛着可怜的龙女化成的那条大鱼准备弄到街上去卖。

　　当晚，观音菩萨正在紫竹林打坐，已将刚才发生的事情看得一清二楚，她动了慈悲之心，对站在身后的善财童子说："你快到那座镇去，把一条大鱼买下来，然后送到海里放生。"善财回答道："好的。可是，我哪有银两去买鱼呀？"

　　观音菩萨笑着说："你从香炉里抓一把去就是了。"

　　善财点头称是，急忙抓了一把香灰，踏着一朵莲花，直奔小镇。

　　这时，大鱼已被扛到了街上，一下子被观灯的人围住了。可是谁也不敢贸然②买这么一条大鱼。有个老头说："这条鱼太大了，把它斩开来零卖吧。"小伙子觉得老头子说得有理，于是向肉铺借来一把斧，举起来就要砍下去。

　　突然，一个小孩子叫开了："快看呀！大鱼流眼泪了。"

　　小伙子停斧一看，大鱼果然流着两串晶莹的眼泪，吓得小伙子丢掉肉斧就往人群外面跑。这时，钻来一个气喘吁吁的小和尚："不要砍！不要砍！这条鱼我买下了。"众人一看，十分诧异："小和尚怎么买鱼来了？"

　　小和尚赶紧说："我买这条鱼是去放生的！"说着，掏出一撮碎银，递给小伙子们，并要他们将鱼扛到海边。

　　三人来到海边，将大鱼放在海里。那鱼碰到海水，

观音菩萨救了龙女一命。

立即打了一个水花，游出老远老远，然后掉转身来，向小和尚点了点头，一下子就不见了。一个人见鱼游走了，摸出碎银，要分给另一个人。不料摊开手心一看，碎银变作了一把香灰。转眼再找小和尚，也不知去向了。

再说东海龙宫里，自从不见了小公主，宫里宫外乱成一团。龙王既担心又生气，派出虾兵蟹将四处寻找。

一直闹到天亮，龙女回到水晶宫，大家才松了口气。龙王怒气冲冲③地呵斥道："你胆敢冒犯宫规，私自外出！说！到哪里去了？"

龙女一看龙王动了怒，便照实说了，并将自己的遭遇又讲了一遍。龙王听了顿时脸上黯然失色④。他怕观音将此事讲了出去，让玉皇大帝知道，自己就得落个"教女不严"的罪名，降下罪来。他越想越气，一怒之下，竟将女儿逐出水晶宫。

龙女伤心极了，茫茫东海，到哪里去安身呢？她哭哭啼啼地到处徘徊⑤。哭声传到紫竹林，观音菩萨一听就知道是龙女来了，她吩咐善财去接龙女。

善财来到龙女面前，笑着问道："龙女妹妹，你还记得我这个小沙弥吗？"龙女红着脸，连忙说："你是我的救命恩人呢！"说着就要叩拜，善财一把拉住了她："观音菩萨早就知道你要来了，叫我来接你呢！"善财和龙女手拉手走进紫竹林。龙女一见观音菩萨端坐在莲花台上，俯身便拜。观音菩萨很喜欢龙女，收她为徒，教她法术，让她和善财像兄妹一样住在潮音洞附近的一个岩洞里，这个岩洞后来称为"善财龙女洞"。

为保自身，竟然逐走女儿，龙王太不顾父女亲情了。

从此，龙女就跟了观音菩萨。可是龙王常常思念龙女，叫她回去。龙女依恋着普陀山的风光，再也不愿回到禁锢⑥她的水晶宫去了。

## 说文解字

①心急如焚(fén)：心里着急得像被火烧一样。

②贸(mào)然：轻率地，不加考虑地。

③怒气冲冲：形容非常生气。

④黯(àn)然失色：情绪低落，脸上变了颜色。

⑤徘(pái)徊(huái)：来回慢步走，比喻犹豫不决。

⑥禁(jìn)锢(gù)：监禁。

## 故事启迪

龙王的掌上明珠——美丽可爱的小龙女，活泼又任性，十分向往人间。为看正月热闹的闹花灯，私自离家外出，差点送了性命。回来后又被龙王赶出了家门。若不是观世音菩萨一再相救，还不知后果怎样。一个人如果过于任性，不听劝告，往往就会造成不良后果，所以有时要善于听取别人的意见，不可一意孤行。

在民间传说中，老百姓提起观世音都要说是"救苦救难观世音菩萨"。可见观世音善良宽容的品德，救苦救难的行为，早已是深入人心，小龙女的遭遇就是一个明证。希望人间更多真情！

## 奇思妙想

1. 小龙女为什么要跟着观音菩萨？

2. 假如龙王能见到小龙女，他会说什么？

先读为快

你知道吗？何仙姑可是八仙中唯一的女神仙呢！据说她出生时满屋紫气缭绕，头顶上生有六根金发。很神奇吧？那么何仙姑是如何成仙的呢？我们一起来看看下面的故事吧！

# 何仙姑

神仙出世不同凡响。

何仙姑，名琼，是广东增城何泰地方的女子。据说她出生时满屋紫气缭绕①，头顶上生有六根金发。

何家住在春冈，盛产云母。十四岁那年，她梦见一位仙人对她说："如果你服用云母粉，身体就会越变越轻，长生不老。"并教给她服食方法和采集的地点。

醒来之后，何仙姑便按仙人指点的方法采集云母，长期服用，渐渐觉得身轻如燕②，并决定一辈子不嫁男人，独来独往。春冈与罗浮山遥遥相望，有人看见她在山谷间飞翔。她常常早出晚归，从山中带回许多野果奉养母亲。她母亲吃后，身体健康了许多，很多小毛病都没有了。后来，何仙姑又练仙术，讲起话来神秘莫测③，与众不同。她还能预知过去和未来之事，因此有许多人慕名前来拜访。武则天听说了何仙姑的种种传闻后，降下诏书，派使者迎请她入宫。就在去京城的途中，何仙姑突然消失了。

这大概就是俗语说的"天机不可泄漏"吧！

等何仙姑的母亲死后，有人亲眼目睹她白日升天。后来又有人看见她和仙女麻姑立于五彩云端。

后来她跟吕洞宾结成师徒之后，人们就把她列入八仙的行列，成为八仙之中唯一的女仙。

何仙姑，是我国道教传说中的八位神仙之一。八仙分别是：铁拐李、韩湘子、吕洞宾、蓝采和、张果老、何仙姑、曹国舅和汉钟离。他们个个都神通广大，救苦救难。

①缭(liáo)绕(rào)：萦回，缠绕。

②身轻如燕：体态轻盈，像小燕子一样。

③神秘莫测：让人摸不透，无法揣测，使人难以理解。

在中国古代奴隶社会和封建社会，普通老百姓生活十分艰难困苦。在社会和生活压力的双重压迫下，他们常常幻想有慈悲为怀、救苦救难的神仙，来解救他们的困苦，满足他们的一些愿望。或者有某些品德高尚的人，经常为劳苦大众尽心尽力，老百姓感激他们，在他们死后，希望他们成为逍遥自在的神仙。

何仙姑身为一名女子，居然能终生不嫁，独自奉养母亲。后来名声远播，本可以进皇宫享受荣华富贵，她却飘然而去，云游四海，追求自由的人生。在漫长的封建社会中，这是非常难得的。这也代表了广大被压迫妇女要求自由和解放的美好愿望。

奇思妙想

1. 何仙姑有哪些与众不同的地方？

2. 世上真有神仙吗？为什么？

伏羲是人类最原始的祖先之一，也是传说中上古非常有名的神仙。你相信吗？他做过许多对人类有益的事情，人类的吃穿住行，包括日月运行，四季更替都与他有关呢！你想知道吗？让我慢慢来告诉你吧。

# 伏羲的传说

在遥远的古代，有一片极乐园。那里的人寿命很长，跳进水里淹不死，跳进火里烧不死，可以在地上走，也可以在天上走。

一天，那里有一个叫华胥氏①的姑娘到野外散步，当她来到一片青翠欲滴、百花盛开的树林前时，看到路边有一巨大的脚印。这个脚印是那么大，她从来没有见到过。她觉得好奇，便走上前，把她的脚放进巨大的脚印里，顿时，她觉得浑身涌起一股热流，她怀孕了。

> 这个孩子来的太神奇了。

原来，这巨人的脚印是雷神路过时留下的。

十个月以后，她生下了一个胖嘟嘟的男孩，取名为伏羲。

伏羲②长得身材魁伟，聪明机智。他对人类的贡献很大。传说中，他根据阴阳变化的现象，画出了变化无穷的阴阳八卦图。他观察蜘蛛结网的过程，发明了渔网，并以此教天下的人们用网捕鱼。他还把山林

> 从吃生肉到吃熟食是人类进化史上的一大进步。

间的野火带到平原上，教那里的人民用火把打猎来的
野兽的肉烤熟了吃，有了熟肉吃，人们就吃得更香，
而不像以前那样吃生肉而不易消化了。

在极乐园的中央，有一棵参天的大树，那棵大树
名叫建木。太阳每天从极乐园里走一圈，从东边开始，
慢慢向西走，当太阳走到建木之上时，正好在大树的
顶上，以至于地上没有一点阴影。

伏羲为人
类的进步做出
了多么大的贡
献啊！

中外神话传说故事

这棵名为建木的大树是天帝运用法力在人间建造
的一座天梯③，建木之高，可以直达天宫，天神可以通
过这座天梯从天上来到人间，从人间回到天上。

极乐园的人都知道这棵大树，可是，没有谁能顺着这棵大树爬到树顶。

伏羲长大了，只有他一个人能顺着建木爬到天宫去。

伏羲有个美丽的女儿，名叫密妃。一次，密妃过洛河时，一不小心，落入水中。后来，她成为洛水女神，被河神娶为妻子。

伏羲后来成了管理东方一万二千里土地的天神。伏羲有个助手，名叫勾芒。勾芒是人面鸟身，手持一个圆规，他象征着春天，只要他一出现，大地上就春色一片，新的一年开始了，新的生命也就出现了。

> 伏羲的亲人也为人类做出了很大的贡献。

## 说文解字

①华胥(xū)氏：人名。

②伏(fú)羲(xī)：上古人名。相传是火的发明者。

③天梯：古人想象中的登天的阶梯。

## 故事启迪

在中国古代的神话传说中，很多始祖、神仙一类的大人物，从出生就不同反响，与众不同。伏羲就是母亲踩雷神的脚印而受孕的，这些似乎更给他涂上了一层神秘的色彩。

人类从远古时期逐渐进化，火的发明和使用，是人类自身发展的一个重要的里程碑，它改变了人类的消化方式，更适合人体的吸收和营养的需要。作为这一发明者，伏羲是值得我们铭记和怀念的。

 奇思妙想

1. 伏羲教人类用火烤肉吃，给人类的进化带来了什么变化？

2. 伏羲对人类还有哪些贡献？

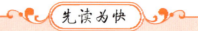

先读为快

　　在远古时代，人类的祖先要生存下来，不但要和恶劣的自然条件做斗争，还要想尽办法，寻找食物，与疾病抗争，将生命延续下去。那么，你们知道是谁发明了五谷和草药吗？

# 神农尝百草

我的评点

　　远古时代，世上有一个大神，他就是太阳神炎帝。

　　传说中的炎帝是牛头人身，慈祥仁爱。炎帝出世之前，地上的人已经很多了，人一多，自然界野生的果实就不够吃了，炎帝得知人类吃的食物不够时，就教人们如何播种五谷，据说，在他教人们怎样耕种播种五谷时，天空中突然降下各种各样的谷种，炎帝将这些谷种收集起来，播撒在田野上，那些种子长得格外好，后来，炎帝就把那些收获的粮食全部分给了人民，从那以后，人们才有了可以食用的五谷。

　　此外，炎帝还让太阳发出足够强的光芒，以便让地里的五谷长得格外茁壮①饱满。

　　后世的人们为了纪念炎帝给人们带来了足够多的食物，便把炎帝尊称为神农。

　　神农不仅教人们学会种植五谷粮食，而且还教会人们如何运用草药的特性治病。

　　据说，神农有一条神鞭——"赭鞭②"，他经常拿着这条神鞭到山里鞭打各种各样的草木。草木经这条神鞭抽打以后，总是会显露出能不能作为为人们治病的药。

而为了体验不同药草的药性，并根据它们的不同药性为人们治病，神农总是亲口尝药，有一天，神农在尝药中，就中了十二次毒，所幸的是神农浑身是透明的，身上什么地方中毒了，那个地方就变黑了，根据这些，神农就知道了什么药草能伤害人身体的哪一个部位，以及用另外的什么药草来解救自己。

神农尝过了千千万万种药草，掌握了这些药草的不同药性，后世的人们以"神农尝百草"的说法，来形容并赞扬神农尝药草之多。正是有了神农的帮助，人类才知道了如何运用药草治病，从而摆脱疾病的困扰③。

据说，神农后来在尝一种名叫断肠草的药草时，不幸中毒死了。

神农为了天下黎民百姓的利益，献出了自己的生命，人们编出许多故事来纪念他。

**说文解字**

①茁（zhuó）壮（zhuàng）：生长得强壮。

②褚（zhǔ）鞭：鞭子的名字。

③困（kùn）扰（rǎo）：围困并搅扰；使处于困境而难以摆脱。

"神农尝百草"千百年来一直被人们传为佳话。中国古老的中医行业之所以能在全世界闻名遐迩，是与它悠久的历史和神奇的疗效分不开

的。而这一切，都应首先归功于用一颗爱心和超人的智慧、给人类带来了饱暖和健康的神农氏。他为了人类的幸福甚至献出了自己宝贵的生命，值得我们永远尊敬和怀念他。

其实神话传说中的神，就是人类征服自然、改造自然的伟大精神和力量的象征。中华民族源远流长的上下五千年，涌现出无数献身人类的优秀人物，他们过去、现在、将来都会是人类进步的象征和希望。

1. 神农氏是怎样体验不同药草的药性的？

2. 你觉得中医会有再度辉煌的一天吗？

## 先读为快

　　丑陋的田螺壳里居然会走出来一位美丽善良的少女，还会帮人洗衣做饭，多幸福啊！老实、淳朴又勤劳的小伙子谢端，就遇上了这样神奇的事。这位田螺姑娘到底是什么人？她又从哪儿来的呢？

# 田螺姑娘

　　晋安县有一人，名叫谢端，从小失去父母，又没有其他亲人。被左邻右舍喂养大。长到十七八岁时，恭敬谨慎①，知书达礼，严于律己，非法之事，一概不沾边。谢端孤苦伶仃②，一贫如洗，左邻右舍都可怜他，计划帮他找一房好媳妇，只是没有合适的人选。谢端早出晚归，尽力耕作田地，一天也舍不得休息。

　　后来，谢端在农田旁的小河边见到一只大田螺，像能盛三升水的水壶一样大，谢端认为这是奇异之物，拿着它回到家中，放在瓮中。收藏了十几天后，谢端每天早晨到农田里干活，回来时就能发现他家中桌上已摆好了饭菜，好像是专门为他做的。谢端还以为是邻居在照顾他，也不放在心上。可连续几天都如此，谢端不好意思，就去向邻居致谢③。邻居说："我压根儿就没做什么，为什么要谢我呢？"谢端还以为邻居没有明白他的意思，也就不再啰嗦。

　　可是，连续几天仍是如此，谢端就直截了当地问

谢端是个勤劳肯干的人。

邻居，邻居笑着说："你自己偷偷娶了媳妇，藏在家中为你生火做饭，怎么能说是我干的呢？"谢端心下越发奇怪了，不知道这其中的缘故。

自己娶了媳妇却不知道，是够奇怪的。

为了弄清楚，有一天谢端鸡一叫就上工去了，天刚亮时又悄悄返回来，蹲在篱笆外偷看家中的一切。只见一位非常美丽的少女从瓮中走出，来到灶台点燃炊火。谢端急忙进门，径直到瓮边观看那个田螺，但见只剩一个空壳子。于是谢端径直走到炊台问那少女："这位姑娘是从哪里来的，为什么要给我做饭？"少女吃了一惊，十分惶恐④，想转身跳回瓮中，已被谢端拦住了去路，只好回答说："我是银河中的仙女，天帝怜悯你从小没有父母，又恭敬谨慎，自我约束，所以让我暂且为你收拾家做饭。计划十年之中，让你富起来，

做勤劳善良的人真好啊！好人总会有好的收获。

中外神话传说故事

等你娶上媳妇后，我就该回去了。可是你却偷看我，阻拦我恢复原形。事情已经暴露⑤，我不适合再留下来，该回去了。即使如此，你以后的日子也会好起来的。你要靠辛勤耕作和捕鱼来维持生活。我将这田螺壳留下，你可用它贮米，就不用担心缺少粮食了。"谢端请求少女留下来，可少女怎么也不肯。这时，天空中忽然飘起了小雨，少女飘然而去。

谢端特意为少女立了一个神位，一遇到节日便去祭祀。他的生活虽还谈不上大富大贵，但已小康。于是就有一个乡里的人将女儿嫁给他，他本人最后还做了令长一类的小官。

**说文解字**

①恭(gōng)敬(jìng)谨(jǐn)慎(shèn)：对长者或宾客尊敬而有礼貌。

②孤(gū)苦(kǔ)伶(líng)仃(dīng)：无依无靠，孤单困苦。

③致(zhì)谢(xiè)：诚心诚意地道谢。

④惶(huáng)恐(kǒng)：惊慌恐惧。

⑤暴(bào)露(lù)：显露，使隐蔽的东西公开。

**故事启迪**

在中国古代民间故事及神话传说中，那些勤劳、善良又老实的小伙子，总会得到美丽、温柔的仙女的青睐。比如牛郎，比如董永，以及本文中的谢端。在劳动人民看来，勤劳、善良又老实的人，就应该过上更好的生活，这样的小伙子，才值得美丽、温柔的姑娘倾心相爱。这也符合当时的社会道德评判标准，反映了人们的美好愿望和祝福。

1. 田螺姑娘最后去哪儿了？

2. 为什么只有勤劳善良的人才会遇上仙女？

**先读为快**

　　每个人都希望自己能健康长寿，这也是对别人最美好的祝福。传说中有一个叫彭祖的人居然活到了800岁，不敢相信吧？这当然只是个美丽的神话传说而已。可是他为什么能活800岁呢？我们去问问他吧！

# 彭祖的故事

　　有一个叫彭祖的人，传说他是禹的玄孙①。

　　从前，他还没有出生时，父亲就死了，他的母亲抚养他长到三岁，也死去了。他在颠沛流离、风餐露宿②中长大，没有固定的家，走到哪里就在那里敲开一户人家的门，要点吃的。这样，他长到了成年。一天，他来到一片茂密的森林里，看见了一只五彩野鸡，鸡毛绚丽多彩，在阳光照耀下闪闪发光。彭祖从来没有见过这么美丽的野鸡，便将它捉住，充分施展自己的烹调本领，做了一份野鸡汤，本来想自己喝的，但他思来想去，最后还是献给了天帝。天帝非常高兴，他从未喝过如此鲜美的野鸡汤，就对彭祖说："你做了这么好吃的汤，我总该赏你点什么。好吧，你去数一数那野鸡，看它身上有多少根彩色的羽毛，你就能活到多少岁。"彭祖回去后，仔仔细细地数了数野鸡身上的毛，只有八百根。他大为懊悔③，因为他洗野鸡时顺手拔了一些鸡毛扔到河里去了。他一直感叹，本来他还

彭祖小时候其实是个苦命的孩子。

八百年还嫌少，彭祖实在太贪心了。

可以活得更长些。

彭祖经历了好几个世纪，到殷朝末年，他已经活了767岁，但看起来还很健康，脸色红润，头发乌黑，一点不见衰老。在这期间，他一共娶了49个妻子，失去了54个儿子。他们陆陆续续来到阴间冥王这里报到。冥王特别惊奇，花名册的记录上有103个人自称是彭祖的妻子和儿子了，怎么却没见彭祖这个人。他查查仙籍，彭祖不在神仙之列，便百思不得其解④，于是决定上天去问问天帝。天帝笑着说："此人的长寿是靠一碗鸡汤得来的，他本人并没有成仙的福分，800岁时他会去你那儿报到的。"

彭祖虽然也经常为钱财之事而忧心，但他在人世间最为苦恼的事便是总有人问他长寿的秘诀，从平民百姓到诸侯君王，全国上下，没有一人不想追根究底⑤。殷王也曾派人向他询问长生的秘诀。彭祖说："我这几年也很是烦恼，精神上受到很大的影响，动静二脉的血都干枯了，气力也大不如前了，恐怕快要离开人世了，我所知道的养生之道，实在浅薄，不值得给你们大王讲呀！"而后，彭祖怕殷王追查不休，便悄悄地逃到了流沙国以西的地方。又过了几十年便死去了。临死前，他还在念叨那些扔到水里的野鸡毛，哀叹自己活得太短了。

**我的评点**

庸庸碌碌过一生，活得再长又有什么价值呢？

**说文解字**

①玄（xuán）孙（sūn）：曾孙的儿子。

②风（fēng）餐（cān）露（lù）宿（sù）：在风里吃饭，在露天睡觉。

③懊（ào）悔（huǐ）：烦恼，悔恨。

④百思不得其解：想了很多遍也找不到答案。

⑤追根究底：追究根源，追问底细。

只是一碗美味的野鸡汤，就给了 800 年的寿命，天帝的赏罚有时让人摸不着头脑。然而彭祖对于他所得到的奖赏并不满足，除了经常为钱财之事而忧心，就是念叨那些扔到水里的野鸡毛，哀叹自己活得太短了。也许他没想过，这样庸庸碌碌过一生，即使再活 800 年，又有什么意义呢？

在历史的长河中，有多少杰出人物，虽然极少能活过百岁，有很多甚至是英年早逝，但他们辉煌的业绩却使之英名不朽，名垂千古。所以，生命的价值不在长短，而在于是否有内涵。

1. 彭祖是怎样得到 800 年的寿命的？

2. 你羡慕彭祖的一生吗？为什么？

先读为快

有一句老话说"人为财死，鸟为食亡"，说的就是有些人为了钱财不择手段，最后自取灭亡。在下面的故事中，就有两个这样的人呢！

# 摇钱树和聚宝盆

从前，在东海上有一个小岛，岛上住着三个兄弟：老大已经娶了媳妇，有了孩子；老二、老三还是单身汉。哥三个分家了，自己过自己的，都耕种山上的小块儿土地，种些番茄、蔬菜，过着穷日子。

一天傍晚，老大夫妇俩从地里干完活，回家正在做晚饭，忽然屋里有人大喊："救命啊！救命啊！"是谁在喊呀？老大夫妻俩到处搜寻，一个人影也没有。老大仔细听了听，声音是从海边拾来的半篮子海螺①里发出来的，他老婆也很奇怪，仔细一听，真是海螺在叫喊呢！老大的老婆说："你听听，这海螺喊得多可怜哪，咱们别吃它了吧。"老大点了点头，提着这半篮海螺，把它倒回海里去了。

这半篮海螺是天上十八罗汉变的。他们犯了佛门的清规②，如来佛生气了，罚他们化作海螺流落在人间，叫他们尝尝这挖肉剥壳，油煎火煮的苦。谁料到他们来到这个小岛，让好心的夫妇俩放了生，逃过了一场大难，这真是天大的好运气呀！海螺们决定送一

我的评点

好人有好报。

份厚礼给老大一家，表示感谢。

　　这第二天早晨，老大夫妇俩早早起来收拾家务。老大推开柴门，一下子呆了：一棵挺高的大树立在门前，密密的树杈上挂满了黄澄澄③的"果子"。老大走过去轻轻一摇树干，那"果子"扑啦扑啦地掉了一地。拾起来一看，哪儿是什么"果子"呀，都是黄金铸成的金锞子④，掉在地上叮当乱响。更奇怪的是那"果子"落一颗长一颗，不管有多少落到地上，树上呢？一颗也不少，还是满满的一树。老大正在目瞪口呆⑤，突然听见老婆的叫声"他爹，快来！地上滚满银元宝啦！"老大跑到后门口一看，又呆了：院子中央的圆盆子里堆满了珠宝，银元宝从盆子里一个劲地骨碌骨碌地往地上滚。老大的老婆捡起一个又跳出来一个，捡起一个又跳出来一个，怀里多得抱不了了，只好放在墙根下，墙脚边已垒起一大堆白晃晃的银元宝，盆子里还是往外滚银元宝。老大把前门口那棵树的事，也跟老婆说了，他老婆说："啊呀！这是不是传说中的摇钱树和聚宝盆呐？""摇钱树？聚宝盆？没错，没错！"这夫妇俩瞧着这么多的金银财宝，真不知怎么处置才好了。

我的评点

　　老二和老三听说后一起跑来了，眼睛看着黄澄澄的金锞子、白晃晃的银元宝，他俩差点没昏过去。老二说："大哥，您可发大财啦！"老三说："大哥发了财，我们兄弟也可以沾光了，都该好好享享福！"这弟兄俩特别高兴。可是老大并不那么想，他说："你们别太高兴啦，这些金子银子，既不能当吃的，又不能当衣穿，咱们也没啥用，还是回去好好干活！"老大说

面对金银财宝，三个兄弟的态度迥然不同。

完，挑起水桶走了。

　　老二和老三一起嘀咕着走回家去。老二说："我们这个老大哥，就知道干活，有了金银财宝不知道享受，真是个呆头鹅！"老三眼珠子咕噜噜转了几转，把嘴凑在二哥耳朵上："咱们不如把它偷过来吧。""啊，嗯嗯……"弟兄俩嘀嘀咕咕地商量了好半天。

　　到了半夜，老大一家子都睡熟了，老二和老三带了杠子、箩筐、绳子，悄悄溜进了老大的家。他们先去偷那棵摇钱树。弟兄俩抱着大树使劲拔，可那树纹丝不动。他们俩喘了一会气，老三说："拔不动摇钱树，咱们去抬聚宝盆吧！""好！"这哥俩又来偷聚宝盆。他们在聚宝盆上系好了绳子，穿上杠子，憋足了劲往前抬，可怎么也抬不起来。弟兄俩累得热汗直流，可还是抬不动。老三问老二："宝贝搬不走，这可怎么办呢？"老二说："咱们搬不走宝贝，就抬一筐金锞子、银元宝走吧，那也够我们享用一辈子的了。"说着，两人赶紧动手，装了满满一箩筐金子银子，抬起筐就走。他们俩一瘸一拐⑥地把筐抬到海滩上，放在事先预备好的一只木筏子上，也不顾东海风大浪高，划着木筏，连夜往县城跑。

　　他们在海上飘呀，飘呀，飘了三天三夜，终于到了县城，找了个僻静的地方上了岸。这时候，他们已经饿得一点力气也没有了。老二对老三说："你守着这筐金银，我到街上买点吃的去。"说着，从筐里摸出一锭银元宝塞进怀里，又对老三叮嘱了几句，就朝大街走去了。

　　老二上了大街，进了一家最大的饭店，叫来最好的酒和菜，一个人自斟自饮，吃得津津有味⑦。他一边吃一边

想不劳而获，还用不正当的手段，兄弟俩能得到财富吗？

想：要是这一筐金银都归我一个人那多好啊！想着想着，他想出一条毒计。他吃饱喝足后，又买了一些饭菜，还到药店去了一趟，然后提着饭菜去找老三。这时候，老三守着箩筐也在琢磨，他心说："二哥心黑，分起金银来我准吃亏，倒不如趁早把他收拾了算啦！"他想出一条鬼主意，拾起一块大石头藏在身后，眼巴巴等着二哥回来。过了好一会，老二回来了。他喷着酒气，打着饱嗝，假装亲热地跟老三说："弟弟呀，我把你的饭送来，有酒有肉，保你满意！"老三也不答话看看老二走近了，举起石头，用尽力气向他头上猛砸。一下子，把老二脑袋砸开了花，脑浆迸射⑧，倒在地上死了。老三把老二的尸首丢进海里，收拾利落了，才觉出来实在是太饿了，一看二哥带来的一包好酒好肉，高兴了，心想：反正这筐珠宝是我的了，等我吃饱后再好好想想如何花它，就坐下打开包又喝酒又吃肉。一眨眼的工夫，就把老二带来的酒肉饭菜吃得一干二净。心里别提多美了。他正要进城去享福，忽然觉得肚子疼得厉害，疼得他躺在地上直打滚。一会儿，老三就断气死了。原来刚才老二到药店买了一包砒霜⑨，悄悄倒在酒里了。喝了有毒药的酒，还能不死吗？

　　第二天早上，老大发现老二、老三不见了。自己院子里还有好些脚印、筐印。他知道了，这准是两个弟弟贪图富贵，瞒着他偷了金子、银子，偷偷走了，他越想越伤心。这天晚上，他躺在床上怎么也睡不着，想了好久，对老婆说："要不明天我去把摇钱树刨喽，把聚宝盆砸喽！"他老婆惊奇地问："那是宝贝呀，砸它干啥？""这样的宝贝我们不需要，还害得我们兄弟不和，倒不如换一个称心的家什，能帮我干点活。"

老三开始琢磨坏主意了。为了财宝，连亲人都算计，这样不对哦。

两个人算来算去，结果两败俱伤，做人还是要善良才好。发财也要走正道，不是吗？

老实忠厚的老大希望靠自己的勤劳来发家致富，不愿意不劳而获。

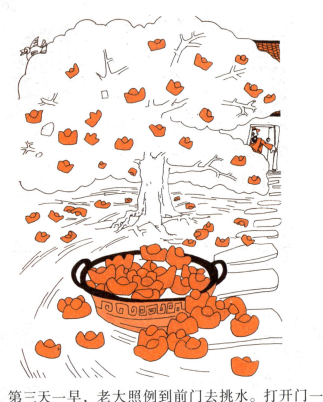

第三天一早，老大照例到前门去挑水。打开门一看，吃了一惊：摇钱树不见了，变成一张渔网摊在地上。那密密的枝杈变成了一孔一孔的网眼，粗粗的树干变成了结实的网绳。老大正看得出神。屋后传来他老婆的叫声："快来看哪，多好的一条船哪！"老大跑到屋后一看，原来聚宝盆也变了，变成了一条崭新铮亮⑩的捕鱼船，船上篷、舵、橹、篙样样俱全。这下老大可开心啦！跟老婆、儿子一起把船推到海边，带上网，天天出海打鱼。从这以后，东海上就有了捕鱼这个行业：老大一家就是东海上的第一代渔民。老二和老三抬的那一筐金银呢？嘿，也不知上哪儿去啦！

财富要用勤劳去换取。幸福只有靠双手去创造！

## 说文解字

①海（hǎi）螺（luó）：海生螺的通称。软体动物，有硬壳，个头比田螺大，壳可以做号角或工艺品。

②清（qīng）规（guī）：佛教、道教等要求信徒必须遵守的规则和戒条。

③黄澄澄（chéng）：形容颜色金黄而鲜明

④金锞（kè）子：旧时作货币用的小金锭。

⑤目瞪（dèng）口呆：瞪着眼睛说不出话来。形容因吃惊或害怕而发愣的样子。

⑥一瘸（qué）一拐（guǎi）：原指腿脚有毛病，走路时身体不能保持平衡。这里是因为金子太重压得两兄弟不能正常走路。

⑦津（jīn）津（jīn）有（yǒu）味（wèi）：形容兴味很浓。

⑧迸（bèng）射（shè）：向四处喷射或放射。

⑨砒（pī）霜（shuāng）：白色粉末，有剧毒，可做杀虫剂。

⑩铮（zhèng）亮（liàng）：器物被打磨或擦拭得闪光耀眼。

## 故事启迪

钱，从它开始出现那一天起，就与人紧密相连。是人就要生活，就需要衣食住行，需要生儿育女，需要赡养老人……，"钱不是万能的，但是没有钱是万万不能的。"面对金钱，不同的人有不同的表现，没有谁不希望能过上幸福、美满的生活。然而，钱的多少并不是衡量幸福的标准，要想获得人生的幸福与成功，就必须脚踏实地地付出劳动。如果像文中的老二、老三那样的狡诈贪婪，只会自取灭亡，获得可耻的下场。

## 奇思妙想

1. 老大为什么不想要摇钱树和聚宝盆？

2. "钱不是万能的，但是没有钱是万万不能的。"你觉得这句话对吗？为什么？

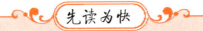

先读为快

　　传说中，有一个掌管天下所有人姻缘的神仙，叫做月下老人。他常常会翻看一本又大又厚的书，还有一个装满了红色绳子的大口袋，你知道是用来干什么的吗？快到文中去找一找答案吧！

# 月下老人

我的评点

　　　　著名的"千里姻缘一线牵"就是由此而来。

　　唐朝初年，有一个叫韦固的年轻人，他刚刚才十六七岁，尚未娶妻。

　　有一次，韦固到宋城去办事，住在离城较远的一家旅店里。

　　一天晚上，韦固办完事回到客店时，天已经很晚了，他看到有一个白胡子老人在月光下席地而坐，借着淡淡的月光在翻看一本又大又厚的书，而他身边则放着一个装满了红色绳子的大口袋。

　　韦固觉得很奇怪，就走上前去好奇地问："请问老伯伯，你在看什么书呀？这么淡的月光，能看清楚吗？"那老人头也不抬地回答说："我看的是一本记载天下所有人的婚姻的书。"

　　韦固听了以后更加好奇，接着问："那你袋子里的红绳子又是做什么用的呢？"老人说："这些红绳的作用可是非比寻常，它们是用来系夫妻的脚的，不管男女双方是不是门当户对，是不是生死冤家，也不管他们家离得近还是远，只要我用这些红绳系在他们的脚下，他们就一定能结成夫妻的。"

韦固还没结婚，听说老人有这等神奇的本领，就请求老人告诉他，今后谁会成为自己的妻子。

老人微微一笑，并说这是天机，不可泄露。可韦固哪肯放过，在他的再三央求下，老人告诉他说："你的妻子现在才三岁，要等到十四年之后才会嫁给你，你就耐心等着吧。你的妻子就是客店北边那个卖菜的婆婆手里抱的小姑娘。"

韦固很不相信，以为老人是和他开玩笑的，但是他对这古怪的老人仍充满了好奇。一会儿，老人收拾东西要走了，韦固也跟在他后边。

经过米市时，韦固看见一个老婆婆抱着一个三岁左右的小女孩迎面走过来，老人对韦固说："这位老婆婆手里抱的小女孩就是你未来的妻子。"

韦固仔细看了一眼，发现老婆婆和小女孩穿得十分破烂，韦固那时还年轻，心高气傲①，心想这样的人怎么能成为自己的妻子呢？他越想越生气，就回到店里，躺在床上，翻来覆去，竟睡不着。突然，他心生一计，命令自己的仆人去把那个小女孩杀死。

仆人胆子小，可主人的命令又不敢违抗，他找到老婆婆和那个小女孩，一刀向小女孩的眉心刺去，仆人以为已经将她刺死了，然后仓皇②而逃。当韦固听到仆人说女孩子已死时才放心地离开了宋城。

一转眼，十四年过去了，韦固终于找到了意中人并结了婚。他的妻子是相州刺史王泰的掌上明珠，而韦固则是王泰手下的一名小官员，在众多的求婚者中，

韦固太自私太残忍，竟会有杀人的想法。

为后文描写韦固的妻子做铺垫。

95

王泰经过再三考虑，多方考察，最后选中了韦固。

韦固的妻子长得十分标致③，简直无可挑剔，只是眉间有一道疤痕。韦固觉得非常奇怪，一次闲聊时问起他的岳父。

王泰这才告诉韦固，小姐并不是他的亲生女儿，而是他的侄女，他的亲生父亲在宋城当职期间就去世了，当时她才一岁多，不久，母亲也去世了，是她家里那位好心的奶妈将她拉扯大。多年后，王泰才将侄女接到自己家里的。

至于她的眉心的疤痕，王泰说："说来令人气愤。十四年前，那时我的侄女还在宋城，由她的奶妈养着，有天晚上，奶妈抱着她从米市走过时，不知从哪里冲过来一个狂徒，竟然无缘无故④地刺了她一刀，幸好没有危及生命，只留下了这道伤疤！"

韦固听了，吃惊得半天也说不出话来，他立即想起了十四年前的那件事。

韦固很紧张地追问道："她的奶妈是不是一位卖菜的？"

心中有鬼，
所以会紧张。

王泰看到女婿的脸色有变，且问得蹊跷⑤，便反问道："不错，是卖菜的。可是，你怎么会知道呢？"

韦固更加惊讶，一时间答不出话来，过了好一会儿才平静下来。他把十四年前在宋城遇到月下老人的事一一告诉了王泰和自己的妻子，一家人听了，全都惊讶不已。

韦固这才明白，他们的姻缘⑥真的是由月下老人做主的，老人的话并非玩笑。因此夫妇俩更加珍惜这段婚姻，过着幸福恩爱的生活。

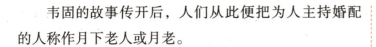 

　　韦固的故事传开后，人们从此便把为人主持婚配的人称作月下老人或月老。

　　①心高气傲：形容心气很高的样子。

　　②仓(cāng)皇(huáng)：匆忙而紧张。

　　③标(biāo)致(zhì)：相貌、体形漂亮、好看，多用于女子。

　　④无缘无故：没有任何原因，毫无理由。

　　⑤蹊(qī)跷(qiāo)：奇怪，可疑。

　　⑥姻(yīn)缘(yuán)：结成夫妻的缘分。

**故事启迪**

　　人的命运有时候真的很奇妙，比如月下老人的"千里姻缘一线牵"，不管男女双方是不是门当户对，是不是生死冤家，也不管他们家离得近还是远，只要月下老人用红绳系在他们的脚下，他们就一定能结成夫妻。

　　其实，这种观点有一点宿命论的感觉，是人们对某些无法解释的命运的一种猜想。生活自有它的规律，人有时不能一意孤行，意气用事，更不能以伤害别人为代价。就像韦固一样，看起来好像做了某种改变，最后却又回到了原来的轨道。

**奇思妙想**

1. 韦固为什么命令自己的仆人去把那个小女孩杀死？

2. 你觉得韦固应该受到惩罚吗？

小朋友们，你听说过钱塘江吗？每年的八月十八，是钱塘江潮头最高、水势最大的日子。一到这一天，真是家家闭户，人人出动，几十里路长的江岸，黑压压地挤满了人。你知道他们要干什么吗？下面就让我们一起去看看吧。

# 钱王射潮

钱塘江的潮水总是非常凶猛，潮头很高，两岸的堤坝总是被冲坏，一年到头总是修修补补。居住在两岸的人民为了阻挡潮水，可谓煞费苦心，花了大量的人力和物力，但仍然没有更好的效果。

五代十国时期，一个叫钱镠[①]的人统治江浙一带，因其勇猛无比，都称他为钱王。

钱王治理杭州的时候，各项事情都做得顺顺当当，有声有色[②]，但钱塘江却令人头痛不已。潮水一天来两次，每次大堤刚修好，浪头就将大堤冲得七零八落，根本没有法子能把海堤修筑起来。

钱王手下的人只好报告钱王说："钱塘江里潮神总跟我们作对，每次等到我们辛辛苦苦把海堤修得差不多的时候，他就施展法术，兴风作浪[③]，鼓起潮头，把我们的海堤给冲坍了，这个海堤我们还是不修了吧，修来修去，白费力气。"

钱王听了勃然大怒，厉声喝道："如此可恶的家

潮水给两岸的人民带来了苦难。

伙，你们为什么不把他拖上来给宰了？"

手下人慌忙解释说道："大王，我们没办法杀他。您想想，他是个潮神，住在大海里面，跟海龙王在一起哩！我们没法去找他。而等到他出现的时候，他总是翻起潮水，波浪滔天，我们这些人肉眼凡胎，既看不到他，更没法子捉拿他。哪怕就是坐着铁打的船，载着一万名官兵去杀他，只要一碰到潮头，也会被吞没了的。"

钱王听了更加生气，大吼道："难道就真的没有办法制服他，而任由这个小小的潮神胡作非为④吗？不行！"

钱王静下来，仔细想了想，说道："好吧，我自己去降伏他好了。到八月十八这一天，给我聚集一万名弓箭手到江边，我倒要去看看这个潮神到底有多厉害。"

用夸张的手法说明浪很大。潮神的恶行遭来了杀之身之祸。

八月十八是潮神的生日，这一天的潮头最高，水势更是排山倒海⑤。而且，在潮神生日这一天，潮神一定会骑着白马跑在潮头上面。

八月十八日到了，钱王在钱塘江边搭起了一座高台，一大早就到台上观看动静，等待潮神到来。可是，不知为什么从当地挑选出来的一万名精锐的弓箭手，却没有一下子全部到来，而是拖拖拉拉、陆陆续续地到来。

钱王很生气，就令人传他的口令，要求弓箭手必须尽快赶来，否则按军法从事。

这时，他手下的一名将军，前来禀告道："大王！弓箭手跑向江边来时，要经过一座山，这个地方山路十分狭窄，只能容得下一个人经过，大家只能一个人一个人地过，因此来得晚了。"

钱王是个急性子，一听说这事立刻骑上马就向那座山奔去。到了山前一看，果然如此。

钱王气势如虹，神勇无比。

钱王走到山顶向四下观望了一下，只见这山的南半边有条裂缝。于是他把两只脚踩在山的裂缝处，用力一蹬。只听轰隆隆一声巨响，这山竟然给他一下蹬开了，中间出现了一条宽宽的道路。那些将士在山下欢呼起来。没多久，全部弓箭手就通过这条大路，到江边聚齐了。

钱王再次来到江边台上的时候，一万名精兵早就排好阵势，个个雄赳赳、气昂昂地拿着弓箭，望着江水。

钱塘江沿岸的百姓，受尽了潮水灾害。今天听说钱王要射杀潮神，个个都欢呼雀跃⑥，争着观战助威，真是家家闭户，人人出动，几十里路长的江岸，黑压压地挤满了人。眼看时辰快到了，钱王双手夹腰，对着江水大声喝道："喂，潮神，你听好了！如果你答应今后不再兴风作浪，冲垮堤岸，危害百姓，我就放你一马，饶你不死，否则，就别怪我不客气了。"

钱王的声音很大，人们听得一清二楚。

岸上的百姓以及弓箭手听了，都欢呼起来，欢呼的声音如同雷鸣一样。大家神色紧张地面对江水观看动静。

可是，狂妄自大⑦的潮神并没有理睬钱王的告诫，一会儿，但见江海相接的远处有一条白线在飞速滚来，白线愈来愈快，愈来愈猛，浪头越来越高，等到近时，巨浪翻滚着直向钱王所在的高台冲来。

钱王连忙大喊一声："放箭！"话音一落，岸上万箭齐发，直射潮头。围观的百姓们跺脚拍掌，大声呐喊助威。一万支箭射出了，接着又是一万支箭，霎时间，箭像雨点一般射向浪头。

在万箭齐发的强大威力下，潮头竟然不能再向岸边移动半步，刚才那气势汹汹的架势，一下子消失得无影无踪。

钱王绝不给潮神喘息的机会，又下令："追射！"

一时间，又是万箭齐发，那潮神这时才知道钱王的厉害，只得弯弯曲曲地向西南逃去，消失在天水尽头。

钱王射杀了朝神是为民除害，得到了老百姓的支持和感谢。

这里运用了比喻的修辞手法，把万箭齐发的壮阔景象写得形象生动。

人们在钱王所站台子处建成了六和塔，而钱塘江的潮水只要一到六和塔边就成为强弩之末⑧，没有更大的冲劲了；而在六和塔前，江水弯弯曲曲地向前流，像个之字，所以人们又把这条江段叫做之江。

在钱王怒射钱塘潮之后，海堤终于得以造成。百姓们为了纪念钱王这次射潮的功绩，就把江边的海堤，叫做"钱塘"。

## 说文解字

①钱镠(liú)：人名。

②有声有色：形容说话、写作或表演得非常生动。

③兴风作浪：比喻制造事端，煽动别人起来捣乱。

④胡作非为：毫无顾忌地干坏事。

⑤排山倒海：推平高山，翻倒大海。形容气势猛，力量强。

⑥欢(huān)呼(hū)雀(què)跃(yuè)：欢快地大声呼喊，高兴地跳着。

⑦狂妄(wàng)自大：极端高傲，目空一切。

⑧强(qiáng)弩(nǔ)之(zhī)末(mò)：比喻原来强大的势力已经到了衰竭的地步。

## 故事启迪

有时候，有些所谓的神仙，依仗着自己有些法力，就胡作非为，为非作歹，祸害老百姓，给人们带来深重的苦难。对于神仙，人们总是怀着无比的虔诚和敬畏，所以，懦弱的人只会逆来顺受，哀叹自己命运的不幸。

其实，人的力量并不比神仙弱小，只要我们站在正义的一方，奋起抗争，不畏神、不惧神，我们就一定能战胜他们。就像文中的钱王那样，勇往直前，所向披靡，打得潮神落荒而逃。钱王造福一方百姓，被人们永远记在心里。

1. 你相信钱塘江里有"潮神"吗？

2. 你看过钱塘潮吗？收集有关钱塘潮的资料。

**先读为快**

基督教是西方最重要，也是最普遍的宗教信仰。在西方的基督教文明中，《圣经》是所有教徒的"教科书"，上面记载了"上帝是万物的主宰，他缔造了世界和人类。"现在，就让我们一起来看看西方神话里创世纪的故事吧。

# 创世纪

在很久很久以前，世界上什么都没有，传说是上帝耶和华在七天之内创造了世纪和天地万物。这七天的过程是这样的。

第一天，上帝创造出了天地，那时没有天，地也是空虚的，整个世界一片混沌①，一片昏暗。地面上到处是水，水面黑暗，什么也看不见，惟有上帝之灵在水面上运行。上帝说了一声：

"要有光！"

霎时，神奇的光出现了。上帝觉得光是好的，就把光明与黑暗分开，把光明称做昼，把黑暗称做夜。有晚上，有早晨，上帝看了看，觉得这还不错。第一天的工作就完了。

第二天，上帝觉得天地间还应该有空气，又说了一声：

"要有空气。"

霎时，空气出来了。他把水分成两部分：一部分

第一天上帝在混沌中分开光明与黑暗，形成了白天和黑夜。

留在地上，另一部分以云和水的状态留在天上。这样，就出现了清新的空气。

第三天，上帝巡视②了一周，看见到处都是水，觉得不好，说了一声：

"水要聚集起来，让土地露出水面。"

话音刚落，地上的水全朝低的地方流了过去，不一会儿，汇集成片的水，一眼望不到边。上帝把这一大片水叫做海，把没有水的地方叫做大陆，并且三分陆地七分海洋。

大地光秃秃的，难看极了，上帝看了看，说道：

"大地上要长出青草，要生长出结种子的各种菜蔬和结果子的各种树木，果子里要包着核。"

霎时，大地上长出了各式各样绿茸茸的青草、蔬菜，以及结有果实的果树、林木。到处一片葱绿，大地苏醒过来。

第四天，上帝创造了太阳和月亮。太阳和月亮把昼和夜区别开来，从此以后，一天中就有了"昼夜"之分，接着，上帝又在天上造了数也数不清的星星。夜晚降临，满天繁星一眨一眨的，更增添了夜空的妩媚③和神秘。

第五天，上帝指着大海和陆地说，水里要有生命，天上要有鸟儿飞翔。

霎时，各种鱼在水里出现了，各种飞禽在天地间翱翔④。上帝一看，这些活物是好的，对它们说：

"你们要多多繁殖，使水中有更多的鱼类，天空中处处有鸟儿飞翔。"

第六天，上帝创造了各种牲畜、野兽、昆虫，这

美丽的宇宙有无穷的奥秘等待我们去探索。

105

些动物的出现，使地上喧闹起来了。就在这时，上帝指着自己说：

"按照我的样子、形状，用地上的尘土造人，一代传一代，让造出的这些人去治理海里地上生长的一切。我把大地上的一切结种子的菜蔬和一切树上所结的有核的果子，全赐给人类作为食物。"

到了第七天，上帝完成了自己神圣的使命，天地间万物都造齐了，这一天，上帝也累了，要歇息了。于是，<u>上帝把一周的第七天，定为万世的节日，称为安息日。</u>

现在，我们把这一天当成星期天。

你相信这个传说吗？

## 说文解字

①混（hùn）沌（dùn）：古代传说中指天地未分之前浑然一体的状态。

②巡（xún）视（shì）：目光来回扫视，向四周看。

③妩（wǔ）媚（mèi）：形容姿态美好，招人喜爱。

④翱（áo）翔（xiáng）：回旋地飞。

## 故事启迪

在中国的神话中，人类的起源是盘古开天辟地，女娲造人。而在西方神话里，上帝才是万物的主宰，是他缔造了世界和人类。虽说法不同，但是都充满了浪漫和奇妙的色彩。

不管是谁创造了这个世界，对于我们来说，都是弥足珍贵的。日月星辰，山川河流，花草树木，鸟兽虫鱼……都是大自然赋予的宝贵财富。我们人类应该是这一切财富的保护者，创造者，而不是它的独裁者，破坏者。让这个世界在人类的努力下变得更美好吧！人与自然更和谐，我们会生活得更幸福。

 奇思妙想

1. 上帝为什么要把一周的第七天定为安息日？

2. 为了世界更美好，你准备怎么做？

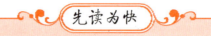

**先读为快**

上帝造了一座美丽的花园，取名叫伊甸园。伊甸园里草木繁茂，果实累累。亚当和夏娃在上帝为他们设置的伊甸乐园里自由自在地生活着。可是有一天，上帝却把他们逐出了伊甸园。这是因为什么呢？

# 亚当与夏娃

上帝在东方富饶肥沃的平原上，建造了一座花园，取名叫伊甸园。伊甸园有了，还需要有人看守，上帝便让亚当在这园子里耕作、管理。亚当是上帝在地上抓了一把泥土捏成的，上帝朝他鼻子里吹了口气，他便成了有灵魂的活人。

亚当的任务是看守并管理好伊甸园。

伊甸园的正中央长着两棵很特别的树，一棵名叫生命之树，另一棵是能辨别善恶的树。

上帝对亚当说：

"你可以随意吃园子里各种树上的果子，只是不能吃那棵能分辨善恶树上的果子，否则，就会招致①死亡。"

亚当记住了这话。

随后，上帝用土造成各种走兽和空中种种飞鸟，给它们起了名字，并把这些活物一一带到亚当面前。

虽然有那么多动物和亚当在一起，可亚当还是觉

得孤单。

一天，亚当在睡觉，上帝从亚当身上取出一根肋骨，用这根肋骨造了一个女人，这是世界上的第一个女人。

亚当醒了，上帝把女人带到亚当跟前对亚当说：

"这人是你骨中的骨，肉中的肉，可以称她为女人。因为她是从男人身上取下来的，因此，人长大了离开父母后要和妻子结合，夫妻成为一体，共同生活。"后来，亚当给这个女人起名为夏娃。

真是奇妙，原来女人是这么造出来的啊！

"因为……"表示因果关系的关联词语。

那时，亚当和他的妻子都是赤身裸体，一丝不挂，但不感到羞耻，因为他们还没有智慧。

上帝所造的活物中最狡猾的是蛇。

一天，蛇就指着那棵分辨善恶的树问夏娃：

"上帝不是说了你们可以吃园子里所有果树上的果子吗？可是为什么上帝不让你们吃那棵树上的果子呢？"

女人回答说：

"上帝说如果我们吃了那果子，我们会立刻死去的。"

蛇阴险地说："那是上帝骗你们呢。上帝不让你们吃那果子，是因为上帝怕你们吃了那果子，会同上帝一样眼睛明亮，能辨识出善恶，不要听他的话，快去吃一个吧！"

那女人听了蛇的这番话，又回过头仔细看了看那树上长的果子，觉得那果子长得格外鲜美，心里实在忍不住诱惑，便伸手摘了一颗吃起来，味道果然不错。不仅如此，女人还劝她丈夫亚当也摘了一颗果子吃了。

霎时，亚当和夏娃立刻觉得自己的眼睛明亮了。当他们发现自己赤身裸体时，两人感到十分羞愧。于是，他们便摘下无花果树的枝叶，编成裙子，围在腰上。

正在这时，上帝来了，他俩立即躲进了树丛里。上帝找不见他们，就大叫他俩的名字。

亚当藏在树丛中回答道："我在园中听见你的脚步声，我就害怕起来，因为我赤着身子，我便躲起来了。"

上帝立即明白了，问道："是不是你偷吃了我禁止你吃的果子？"

这是人类最早的服装吧。

亚当说是妻子劝他吃的，而那女人则对上帝说："是蛇引诱我偷吃的禁果。"

上帝知道了真相，十分生气。上帝对蛇大发雷霆②，诅咒蛇永远在地上爬行吃土，并且与人类为敌。

蛇为自己的多嘴付出了代价

上帝惩罚女人接受分娩③的痛苦，要服从丈夫，受丈夫的管辖④。上帝又对亚当说：

"你要遭受土地的折磨，地里还要长出荆棘和蒺藜，你必须终生在田地里劳苦，才能从田地里获得食物。你也要吃田里的菜蔬，你只有汗流浃背才得糊口，直到你归土。你本是尘土，从土而来，最终，你也要归于泥土！"

上帝害怕他们再摘生命之树的果子而永远活着，便把他俩逐出了伊甸园，永远不能再回来。

上帝把亚当和夏娃赶走后，便把长翅膀的天使安排来看守着伊甸园，天使手持一柄四面发出火焰的剑，寸步不离伊甸园大门。

说文解字

①招(zhāo)致(zhì)：导致，引起。

②大发雷(léi)霆(tíng)：比喻大发脾气，高声训斥。

③分娩：生小孩儿。

④管(guǎn)辖(xiá)：管理，统辖。

故事启迪

在《圣经》中，亚当和夏娃是上帝创造世界以来的第一代人类。原本他们在伊甸园里无忧无虑地生活着。后来魔鬼撒旦化作一条蛇，引诱夏娃偷吃智慧树上的果子，说是吃了这果子能增长智慧，使眼睛明亮。结果亚当和夏娃因此而被逐出伊甸园，发往凡间受苦，从此在人间繁衍。

如果没有蛇的鼓动和诱惑，也许亚当和夏娃还一直在伊甸园快乐地生活着。但是却不分善恶，不辨美丑，懵懂而无知，永远生活在愚昧和野蛮中。所以，也许我们应该感谢蛇，因为它让人类从此走向文明，在劳动中得到创造和进步。

1. 蛇为什么要引诱夏娃吃善恶树上的果子？

2. 亚当和夏娃被逐出伊甸园后会做些什么？

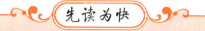

## 先读为快

亚当和夏娃是上帝创造的人类的祖先，他们的子孙，一代代地在世间繁衍生息。但是为什么上帝要把所有的一切都毁掉，再开创一个新的世界呢？人类能够躲开这场灾难吗？

# 诺亚方舟

亚当和夏娃是人类的祖先，他们的子孙，一代代地在世间繁衍生息①，他们的后代越来越多，但已经不再淳朴善良，他们心中充满邪念，世界上到处是争战、残杀、掠夺。人世间充满了暴力和邪恶。上帝看到这一切，非常后悔创造了人类。于是他决定降洪水消灭这个罪恶的世界，重新开辟一个新世界。但是，他又不舍得把他的造物全部毁掉。

**上帝的心情十分矛盾。**

在当时所有的人中，有一个叫诺亚的人是唯一正直善良的人。在毁灭世界前，上帝对诺亚说："现在大地上充满了强暴和罪孽②，人类已走到罪恶的尽头了，我要将一切毁掉。因为你正直，我要保全你，但你必须按我的话去做。"上帝让诺亚用歌斐木修造一座方舟，规定方舟要长三百肘，宽五十肘，高三千肘。船上要分成一个个小间，里里外外都必须抹上松脂以防漏水。上帝又说："你同你的妻子、儿子、儿媳都要进入方舟，各种动物，凡洁净的畜类，要带七公七母；不洁净的畜类，要带一公一母；空中的飞鸟，要带七

我的评点

公七鸟，你还要带上足够的食物，供你们全家和那些小生命食用。七天之后，我会连降四十天暴雨，把我创造的生命都毁掉。"诺亚严格按照上帝的话去做，在第七日来临前，早早把全家和所有物种都放进了方舟。第七日终于来临了，乌云密布，电闪雷鸣，倾盆暴雨下了整整四十个昼夜，洪水淹没了所有的陆地和高山。世界上的生物都死光了，只有诺亚的方舟载着他的全家和那些活物平安地在大水中漂泊着。大水落得很慢，在一百五十天之后，才渐渐消退。上帝惦记着方舟，让大风吹过水面，帮助大水快点消退。后来大水退去，方舟搁浅③在了亚腊拉山的山顶，众多的山峰开始露出水面，又过了四十天，诺亚打开窗户，先放出一只乌鸦，想了解一下外面有没有陆地，但是乌鸦飞回来了，因为外面找不到落脚地休息。诺亚放出一只鸽子，那鸽子后来也飞回来了。又过了七天，诺亚又把那鸽子放出去，傍晚时分，鸽子衔着一根橄榄枝④飞回来了，诺亚知道，这意味着大地的某一个地方露出土地。他又等了七天，放出鸽子，这回鸽子没有回来，因为大地上的洪水全退了。

后来人们常用鸽子和橄榄枝代表和平。

　　诺亚带着他的全家和其他所有的生命走出了方舟，开始在地球上繁衍生息，创造新的世界。诺亚成为洪水后人类的始祖。

说文解字

①繁（fán）衍（yǎn）生（shēng）息（xī）：繁殖衍生，逐渐增多。

②罪（zuì）孽（niè）：佛教指要遭到报应的罪恶。

③搁(gē)浅(qiǎn)：船只进入浅滩，不能行驶。

④橄(gǎn)榄(lǎn)枝(zhī)：油橄榄的树枝。圣经故事中曾用它作为大地复苏的标志。后来西方人把鸽子和橄榄枝作为和平的象征。

诺亚是亚当与夏娃的第十代孙子。诺亚生活的年代，太多的人为非作歹，激起了上帝的愤怒。上帝决定用洪水淹死他们。但诺亚是一个好人，上帝就让他造一只三层的方舟，逃过了这场灾难。

在现实生活中，"沧海"变"桑田"并不是神话。科学研究证明，地球历经亿万年变化，现在的陆地，有可能是某一地质时代的海洋；而现在的海洋，则可能是某一地质时代的陆地。而人类自身的善良或罪恶，贪婪或无私，欺诈或诚实，都存在于自己一念之间。幸福生活，还是接受惩罚，都是我们自己的选择。

1. 上帝为什么让诺亚用歌斐木修造一座方舟？

2. 洪水会给人类带来哪些灾难？

先读为快

小朋友，你喜欢看动画片《多啦A梦》吗？对，里面有个叮当猫，它的口袋里有无数的好宝贝。美丽的少女潘多拉有一个魔盒，也像叮当猫的口袋那样，里面装了好多东西，可是打开它，却给人类带来了灭顶的灾难……

# 潘多拉的匣子

我的评点

在希腊的奥林帕斯山上，住着一位叫宙斯的神，他主宰着其他的神和人类的一切。

宙斯有一只镶着珍珠的非常漂亮的匣子，他把这只匣子送给了一个名叫潘多拉的少女，她高兴极了。

宙斯又叮嘱潘多拉："千万不能打开这个匣子，要是打开了，你将永远后悔不已。"

潘多拉是一位美丽绝伦①、非常迷人的少女，在她得到了这只匣子后，天天像蜜蜂围着花朵般在匣子周围转来转去，摸摸上面的珠宝，听听里面的声音，她不停地想：匣子里到底装着什么贵重的东西呢？那里面究竟有什么秘密呢？宙斯为什么不让我打开呢？好奇心使潘多拉吃不好、睡不稳，人也一天天消瘦下去。

一天，潘多拉实在忍不住了，她再也顾不得那么多了，还是把匣子打开了。

这下可不好了。先是从里面飞出了蚊子、苍蝇……后来是疾病、饥荒等各种各样的灾害。原来残暴的众神在匣子里藏着饥荒、瘟疫、战争等各种灾害，这些害人精一下子全飞了出来，散布到人间，给人类带来了灭顶的灾难。

这下，潘多拉慌了手脚，她急忙盖上了匣子，但匣子里只留下了一样东西——希望。她赶快托人请求天神普罗米修斯帮忙。他的天职就是反对奥林帕斯山上众神之父滥用权力。然而，他因触怒了宙斯而被锁在山顶上无法帮助潘多拉。

这些灾害迅速扩散到大地上，世界上饥荒流行，瘟疫②蔓延，战争频繁，洪水泛滥，人类面临着毁灭的危险。

后来，普罗米修斯让儿子造了一条方舟，让儿子和儿媳坐在里面才躲过了这场灾难。这样，人类才得以延续下来。

宙斯的话激起了潘多拉强烈的好奇心。

我的评点

中外神话传说故事

①绝伦：达到了没有能与之相比的程度。

②瘟（wēn）疫（yì）：流行性急性传染病的通称。

在西方神话中为了拯救人类，普罗米修斯从奥林波斯山盗取圣火，藏在芦苇管里带到人间。宙斯大为恼火，于是送了一个匣子给潘多拉，借她的手把饥荒、瘟疫、战争等各种灾害散布到人间，给人类带来了灭顶的灾难。

有时候，抵挡不住好奇心的诱惑，不听他人的劝诫，就有可能招来麻烦。所幸的是，小魔匣里，还留有希望。只要有希望，人类就能与那些害人的东西抗争到底，想尽一切办法战胜它们，进而彻底地消灭它们。希望是人类前进的永远的动力！

奇思妙想

1. 宙斯为什么送给潘多拉一个匣子却又不让她打开？

2. "潘多拉的匣子"有什么寓意？

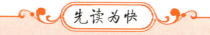

先读为快

　　狠毒的妖怪狼牙棒，抓走了瘸腿寡妇的三个儿女。一粒小小的胡椒籽，变成了他们的弟弟，才三岁竟然就打败了妖怪狼牙棒，救回了三个哥哥姐姐。这个神奇的故事是怎样发生的呢？

# 小胡椒彼得

　　从前，在一个遥远的僻静的小村庄里，住着一户人家。一个瘸腿的寡妇，带着两个儿子和一个女儿生活，他们耕种着山里的一小块土地，过着勤劳、节俭的生活。

　　三个兄妹逐渐长大了。两个儿子很老实，很强壮；姑娘温柔贤惠①，非常漂亮。有一天，他们去开荒，不知怎么回事，突然之间，刮来一阵狂风把他们都卷走了。寡妇一下子失去了三个子女，悲痛万分，天天以泪洗面。

　　一天，寡妇捡到了一粒胡椒籽，这个小胡椒好像有灵性一样，不断地滚来跳去，无法收藏。寡妇没办法，只好把它吞进肚里。

　　不久，寡妇怀孕了，几个月后生下一个男孩。她很害怕，也很吃惊，细细一想，可能是胡椒籽让她怀孕的。于是，便给孩子取了个奇怪的名字：小胡椒彼得。

　　小彼得长到三岁，就跟二十岁的青年一样高大有力气了。

彼得知道几百里外的森林里住着一个妖怪，正是这个妖怪夺走了哥哥和姐姐，他决心去寻找他们，母亲很担心，害怕失去最后一个孩子，不想让他去。然而，彼得主意已定，非去不可。临走前彼得要求母亲把乳汁揉②在白面上，烤制一个不发酵的面包。

母亲舍不得彼得，流着泪送他，彼得安慰母亲说："好妈妈，再见！别生我的气，用不了三天，我一定回来，给你带来喜讯。"

彼得走啊，走啊，终于来到了森林，找到了妖怪住的宫殿，他悄悄走进去，看见一个美丽的少女正在做饭。

彼得说："你好，姐姐！""愿上帝保佑你，但是，你为什么叫我姐姐呢？"

彼得拿出面包让姐姐吃，姐姐闻到了独特的母乳的香味，知道彼得确是自己的弟弟。姐姐害怕得不得了，让彼得赶快离开这里，妖怪狼牙棒马上就要回来了，两个哥哥已经被他杀死了，怕他会像对待哥哥一样杀死彼得的。

彼得握紧拳头，对姐姐说："我是为了救你们而来的，我才不怕狼牙棒呢！他回来了正好！"

正说着，狼牙棒回来，看到了彼得，非常奇怪，问少女这人是谁，少女告诉他，是她弟弟。妖怪上下打量了一番彼得，说："好啊，我的小舅子，我们一起吃饭吧！美人儿，快把酒菜拿来，彼得吃两份，我吃九份，谁先吃完，谁就用骨头砸向对方。"彼得说可以，但还是我吃九份，你吃两份。

---

小彼得信心十足。

彼得真是个勇敢的好弟弟。

小彼得怀着必胜的心情成竹在胸。

狼牙棒没说什么，坐下来狼吞虎咽③地吃喝起来。狼牙棒刚吃完一份，彼得已将九份全吃完了。他便拿起骨头向狼牙棒身上砸去，狼牙棒躲闪不及，正好砸在眼上，痛得他哇哇乱叫，只得求饶。

彼得要妖怪交出两个哥哥。妖怪用一把镢头把兄弟俩从篱笆下挖出来，然后又把原来挖出来放在盘子里的心脏，重新放进他们的身体，又在他们身上洒了些生水，兄弟俩复活了。

后来，彼得怕妖怪继续出来害人，就把妖怪杀死了，带着妖怪的珍宝跟哥哥和姐姐一起回家了。从此，寡妇一家人又过上了安居乐业的日子。

小彼得真是一个勇敢聪明的人。

### 说文解字

①贤(xián)惠(huì)：指妇女心地善良，通情达理，对人和蔼。

②揉(róu)：用手来回擦或搓。

③狼(láng)吞(tūn)虎(hǔ)咽(yàn)：形容吃东西又猛又急。

### 故事启迪

凶狠的妖怪狼牙棒，一下子掠走了寡妇的三个子女，还惨忍地杀害了其中的两个儿子。幸亏寡妇后来又有了可爱的小彼得。真是"自古英雄出少年"，年仅三岁的小彼得，就长得像二十岁的青年一样高大有力气，他决心去救被妖怪夺走的哥哥姐姐。他的机智和勇敢，让他取得了最后的胜利。

做任何事情，都要有成功的信心和勇敢的气概。只要充分运用自己的智慧，解决前进道路上的困难和挫折，就一定会胜利！

奇思妙想

1. 小彼得是怎样救出哥哥姐姐的？

2. 我们应该怎样面对生活和学习中的困难？

**先读为快**

　　听说墨塞尼亚这个地方的人有一个不好的名声：贪图小便宜，不守信用。于是，神主朱庇特的一个儿子麦鸠利便想证实一下，看是不是真的。结果如何呢？我们一起去看看吧！

# 试金石

　　相传，有一次，由于日神阿波罗的疏忽①，天上的几头神牛降临到墨塞尼亚这个地方，溜进了一座庄园里。

我的评点

本来，天堂里丢几头牛是无所谓的，可偏偏这事被神主朱庇特的一个儿子麦鸠利发现了。他听说墨塞尼亚这个地方的人有一个不好的名声：贪图小便宜，不守信用。便想证实一下，看是不是真的。

他找到了这几头牛，并把这几头牛赶进树林里藏起来。他这样做的时候，故意装着像一切小偷偷东西的时候那样，神色紧张，慌慌张张，还故意让一个放牧的老头看见。这个老头是庄园主的仆人。他每天替主人在树林或有草原的地方，放牧一群纯种的母马。他也看见了那几头牛，正要赶着这几头牛去讨好他的主人，可被麦鸠利抢先了一步。

麦鸠利把牛藏在树林里，来到老人面前，和颜悦色②地对老人说："这件事只有你知道。你要是保证不说出这件事，我一定挑一头膘肥的母牛送给你。"

老人让石头第一次作证。

老人听说要送他一头母牛，心里非常高兴，他指着旁边的一块石头说："去吧，别担心，我的嘴就跟那块石头一样，不会泄露你偷牛的秘密的。"麦鸠利把一头母牛送给老人，假装走了。

过了一会儿，他又转回来了。这次，他扮成一个牧人的模样，他四处张望，装着找牛的样子，来到老人身边。他装着非常着急的样子，对老人说："喂，老乡，你看见几头肥壮的牛没有？这是我刚花两千块金子买回来的。不晓得是哪个缺德的人，偷了我的牛。"

他一边说，一边四处打量，显得十分着急。他见老人不肯说，就附在老人的耳朵旁边，神秘地对他说："你要是说了，我送你一头母牛，外加一头公牛。"

老头一听即面露喜色。他生怕被别人抢了先，赶

紧说："我刚才看见一个人偷了你的牛，你到那片树林里去找找看，这块石头作证，我绝不说谎。"

说着，他就想把麦鸠利手里的一头母牛和一头公牛牵过来。

麦鸠利哈哈大笑，又变成了原来样子说："你这人真不够朋友，说话不讲信用。怎么当着我面耍两面三刀的把戏？"

老头眨巴眨巴眼睛，正要狡辩③，舌头不能动了。他想转身走掉，但腿变得麻木起来，脚像生了根，钉在那里。

原来，当麦鸠利证实了人们的说法后，为了惩罚这种不道德的行为，给其他人以警告，就将老人变成了一块石头。后来，人们便把这块石头叫做试金石。

老人再次让石头作证，前后说话自相矛盾。

①疏(shū)忽(hū)：因粗心大意而没有注意到。

②和(hé)颜(yán)悦(yuè)色(sè)：形容和蔼喜悦，也形容态度和蔼可亲。

③狡(jiǎo)辩(biàn)：强词夺理地辩解。

季布的"千金一诺"千百年来一直传为美谈。一个人生活在这个世界上，诚信是做人的根本。当面对涉及自身利益的选择关头的时候，是坚持立场，遵守诺言，还是图谋眼前利益，放弃做人的诚信呢？

当然，并不是背信弃义就会变成石头，但是由此而带来的诚信的缺失，以及社会和他人对这种行为的负面评价，所产生的后果不可预料，也许就会让你悔恨终生。

奇思妙想

1. 放牧的老头为什么会变成石头？

2. 现实生活中一般用"试金石"比喻什么？

## 先读为快

一个触犯了所罗门的天神，被罚变成了魔鬼。这个魔鬼像小山一般高，披头散发，龇牙咧嘴，长着灯笼似的眼睛，样子非常丑陋可怕，最后却被一个善良的渔翁装进了黄铜瓶里。这到底是怎么一回事呢？

# 渔夫和魔鬼

古时候，有个以打鱼为业的渔翁。他非常善良，每天只撒四次网。

一天，他下海打鱼，前三网一无所有。他不禁叹息道："主啊，你知道我每日只撒四次网，这最后一网请你发发慈悲吧。"说着，他撒下了第四网。这一网确实与前三网不同，网很沉，他费了很大的劲才将鱼网拖上岸来。

他打开一看，发现里面有一个胆形的黄铜瓶，瓶口用锡封着，盖着苏莱曼的印章。渔翁见了非常高兴，自言自语道："我把瓶子拿到市上，说不定可以换回十个金币。"

渔夫认为瓶子里装着值钱的东西。

他拿起铜瓶，摇了摇，发现瓶子很沉，于是他又想：还是打开看看里面装着什么，然后再拿去卖。于是，他抽出小刀，小心撬①去瓶口的锡封，然后反过来，想把里面的东西倒出来。

过了一会儿，瓶里冒出一股青烟，青烟越聚越浓，继而凝成一团，最后变成了一个魔鬼，站在他的面前。

这个魔鬼像小山一般高，披头散发，龇牙咧嘴②，长着灯笼似的眼睛，样子非常丑陋。渔翁看着这个魔鬼，吓得浑身发抖。

魔鬼看见渔翁，生气地说："告诉我，你想怎样死？"渔夫莫名其妙③："我救了你的命啊。"

"渔夫，你听听我的故事吧。我本是个离经叛道④的天神，因为触犯了所罗门，才被塞入瓶里，投进大海。"

"在第一个一百年里，我想：谁要能把我救出来，我一定让他享受荣华富贵。可是，一百年过去了，没有人来救我。"

"在第二个一百年里，我想：谁把我救出来，我满足他三个愿望。可是，仍没人来救我。"

"过了四百年，我不耐烦了。就说：谁要在这个时候再来解救我，我要杀死他。不过，可以让他选择怎样死。现在你该明白了吧。"

渔翁逐渐镇定下来，他暗下决心，一定要凭智慧战胜魔鬼。于是便说："你要杀我可以，只是有一件事我想问个明白，你的身子这么大，而瓶子却这么小，你是怎么钻进去的呢？"

魔鬼听完后哈哈大笑，说："好办。"摇身一变，化作一团青烟，慢慢钻进瓶里。

等到青烟全部进入瓶中，渔翁迅速将瓶口紧紧堵住，然后拿着瓶说："我要把你这个恩将仇报⑤的恶魔投进海里。"

魔鬼听了渔翁的话，方知中了计，便在瓶中求饶说："渔翁，求求你，这回你把我放出来，我一定好好

魔鬼如此可怕，反衬下文渔夫机智脱险。

魔鬼终究是邪恶的，他的本质永远也不会改变。

报答你。"

"我再也不会上你的当了。"渔翁说完，便毫不留情地把黄铜瓶扔进了大海。

聪明的渔夫自己救了自己。

①撬(qiào)：用棍、棒等工具的一端插入缝隙中，用力挑起或拨开。

②龇(zī)牙咧(liě)嘴：形容面目狰狞。

③莫名其妙：没有人能说出其中的奥妙。

④离经叛道：原指背离儒家经典的主张和道统，今泛指背离占主导地位的思想准则和行为规范等。

⑤恩将仇报：受人恩惠反而用仇恨报答。指伤害曾经对自己有恩的人。

魔鬼就是魔鬼，一旦获得了自由，就露出了狰狞的本来面目。而这位普通的渔翁，最后却战胜了法力高强的魔鬼，真是令人拍掌叫好。

渔翁之所以能够战胜魔鬼，靠的是冷静的判断和勇敢与智慧。人生充满了挑战，面对生活中的艰难险阻，如果也能像故事中的渔翁那样，冷静判断巧设计谋，就一定能排除艰险，最后走向成功。

1. 渔翁这一天没打到鱼，怎么办呢？

2. 还会有人再救这个魔鬼吗？

先读为快

格比是个吝啬的大财主，他有数不清的钱财，却常常拖欠工人们的工钱。这一天，格比突发奇想，用自己最好的房子换了长工舒拉的茅屋，还在屋顶上挖了一个洞！他到底打算要干什么呢？

# 吝啬鬼格比

格比是个大财主，他有数不清的钱财，上百亩良田，他还雇了很多长工种地，但格比是个吝啬①鬼，他常常拖欠工人们的工钱。

舒拉就是格比的长工，他干活非常卖力，常常一个人干两个人的活，可格比总是不给他工钱。这一天，舒拉全家由于无钱买米，已经一整天没吃东西了。实在没办法，到了晚上，舒拉便去格比家要工钱。可格比硬说没钱，赖着不给，还气势汹汹②地赶走了舒拉。

舒拉走后，贪心的格比独自一人来到地里。一是为了看护庄稼，二是想碰碰运气，看能不能打着一两头野猪。趁着夜色，他迅速爬到了地头的大榕树上躲起来。

突然，他听到一阵沙沙的风声，接着眼前顿时明亮起来，他看见了一件奇怪的事情：一群神仙来到大榕树下聚会！

会议由大神梵天主持。只听梵天问道："使者们，

贪心的人什么时候都忘不了找便宜。

你们从天堂、地狱和人间带来了什么情况？"天堂的使者说："神仙们一个个逍遥自在，过得很好。"地狱的使者说："地狱里也和往常一样，没有什么异常情况。"最后，来自人间的使者说："人间也很好，只是有个叫格比的财主非常贪心，他不但放高利贷③，还拖欠、克扣长工们的工钱。有个叫舒拉的长工已经很长时间拿不到工钱了，一家人都快饿死了。"大神梵天听了，说："你把这袋金子拿去，在舒拉的茅屋顶上挖个洞，把金子从洞里扔进去，这样，他们全家就得救了。"梵天安排了其他一些事，神仙聚会就结束了。

天刚一亮，格比马上跑去找舒拉，说："很抱歉，昨晚没给你工钱，现在我要全补给你。另外，为了改掉我奢侈浪费的坏毛病，我还打算用自己最好的房子换你的茅屋。"

于是，舒拉与格比很快调换了房子。贪心的格比

因为有洞，天使才会发现里面住的不是舒拉，而是格比。

高兴极了。他手舞足蹈④，急于得到那口袋金子。为了让天使更顺利地往下丢金子，他自己早早在屋顶上挖了一个洞。他整夜坐在洞口下，抬头盯着屋顶，盼望掉下金子。但是，一夜过去了，什么动静也没有，他什么也没得到。

其实，天使早来过了，但当他正准备把口袋顺着屋顶上的洞往下扔时，忽然发现里面住的不是舒拉家，而是贪婪⑤、吝啬的财主格比，所以他又回去了。整整一个星期天使每夜都来，但都没有扔下装金子的口袋。

## 说文解字

①吝(lìn)啬(sè)：形容舍不得使用应当使用的财物。

②气势汹汹：形容态度或声势十分凶猛。

③高利贷(dài)：索取高额利息的贷款。

④手舞足蹈(dǎo)：双手舞动，两脚跳跃，形容高兴到了极点。

⑤贪婪(lán)：贪得无厌，不知满足。

## 故事启迪

俗语称"为富不仁"，说的大概就是格比这样的人吧。拥有数不清的钱财，却连长工的工钱都要克扣，心太黑了。也难怪天使每夜都来，却整整一个星期，也没有扔下装金子的口袋，让格比白白搭上了自己最好的房子。这样的人就该受到惩罚。

做人不能太自私，更不能做违背良心，丧失公德的事。否则，就一定会自食苦果。

1. 贪心的格比最后能得到那口袋金子吗？

2. 你还知道有哪些贪心人的故事？他们的结局怎样？

# 乌木马的故事

我的评点

古代有个国王，膝下有一男一女：太子英武非凡，公主长得如花似玉①。他们都到了婚配的年龄。于是，国王许愿说："谁要能送一件使我开心的礼物，就把公主嫁给他。"

一天，一个巧匠牵着一匹马来向国王求婚。

国王问："这是什么？"

巧匠答："这是匹乌木马，它能带着大王飞到天上去。""嗯，不错。不过这匹马得试一试，看看是不是真如你说的那么神。"

太子自告奋勇地说："父王，让我来试吧。"说着，太子便跃上了乌木马。

太子刚一骑上去，这匹木马就腾空而起，飞到了半空中。它飞呀飞呀，飞过高山、越过草原，最后来到一座宫殿的屋顶上。太子跳下马，看见一个公主被一群女仆簇拥②着正在那里做游戏。公主不仅美丽非凡，而且身体自然散发一种异香，远远就可闻见。太子一下子迷上了美丽的公主。公主见他气度不凡，也

太子能闻见，别人也能闻见，为下文巧匠劫持公主埋下伏笔。

一见钟情③。

于是，他们私订终身。太子便带着公主，骑上乌木马朝父亲的王宫飞来。为了让公主体面地见到父王，到了王宫，太子让公主和乌木马待在御花园里。他自己先进宫禀见父王。

说来也巧，那位巧匠因为太子骑上乌木马半天不见踪影，国王一怒之下，把他打了五十鞭子，还罚他做苦工。这会儿，他正低头除草。突然闻见一股异香。他循着香味，找到了那匹乌木马，马上坐着一位美丽的公主。这麻烦正是公主身上的香味引出的。

巧匠欣喜若狂④，心想："真是天不负我，不仅还了我的乌木马还给我送来了这位美人儿。"他骑上乌木马把公主劫持走了。乌木马带着他们一直飞到希腊境内的一片山林里。

希腊国王碰巧打猎路过这里。公主跑到国王身旁像遇着救星似的哭着说："大王，快救救我吧。"接着，公主就把巧匠劫持她的经历告诉给国王。

国王十分同情公主的遭遇，就吩咐手下把巧匠监禁起来。

自从公主失踪后，太子十分伤心。他派出许多士兵四处寻找，最后才从几个商人的谈话中了解到了公主的下落。当他得知公主因思念他而变得神志不清、奄奄一息时，心急如焚，便扮成医生模样连夜赶到希腊国，进宫谒见⑤国王。

国王问："年轻人，你有何急事要晚上见我啊？"

太子说："大王陛下，我是江湖郎中，专治各类精神失常的病人。"

太子对公主充满深情。

太子很聪明机智，巧设计谋顺利见到了公主。

"你来得正好。我前几天从森林中带回一位公主。现在，她已神志不清⑥，失去理智。你若能治好她的病，我可以满足你一个要求。"

说完，国王就叫人领太子去见公主。太子一走进公主的房间，公主就认出了他。等其他人一离开，她便扑到太子的怀里痛哭起来。太子安慰她："别哭，我明天就带你离开这儿。"

第二天太子去见国王，说："公主的病已经被我治好了。"国王不信，他亲自走进公主的房间，发现公主果然精神好了许多。国王十分高兴，就说："你治好了公主的病，有什么要求呀？"

"大王，我什么都不要。公主的病是因受惊吓而起。为了彻底治好公主的病，只要让我骑上巧匠那匹乌木马，带着公主在王宫溜达⑦一圈就行了。"

太子在为公主和自己脱身做准备。

国王立即答应。让人牵来了乌木马。太子跨上乌木马，让公主坐在前面。然后，伸手按动升腾的按钮，马儿便朝天空飞去。

希腊国王开始还挺高兴，一看他们越飞越高，越飞越远，才知道上当了，要阻止他们，可已经来不及了。

太子救回了公主，国王和王后十分欢喜，立即为他们举行了隆重的婚礼。

说文解字

①如花似玉：形容女子容貌非常美丽。

②簇(cù)拥(yōng)：很多人团团围住。

③一见钟情：刚一见面就产生了爱情。

④欣(xīn)喜(xǐ)若(ruò)狂(kuáng)：欢喜到了极点。

⑤谒(yè)见(jiàn)：拜见。

⑥神志不清：人的知觉和意识不清晰。

⑦溜(liū)达(dā)：散步，随意走走。

手艺精湛的巧匠，造了一匹会飞的神奇的乌木马，原本打算送给国王，作为让国王开心的礼物，希望能娶到公主。谁知却成全了太子和邻国公主的美满姻缘，自己只落得遭受鞭打又被监禁的下场，真是"忙忙碌碌终成空，为他人做嫁衣裳"。

勇敢的太子骑着会飞的乌木马，找到了理想的爱情。一时的疏忽却差点铸成大错。幸亏他智勇双全，情真意切，及时救回了公主。所以，做任何事只有设想周密，善于动脑，才能最终取得成功。

**奇思妙想**

1. 太子和公主为什么不告诉希腊国王实情？

2. 巧匠最后会有什么结果？

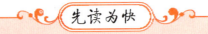

1969 年 7 月，美国发射了载人航天器，在月球上成功着陆，人类第一次实现了踏上月球的理想。这个航天器就是以古希腊的著名神话人物阿波罗命名的。你想知道太阳神阿波罗的爱情故事吗？

# 阿波罗与月桂树的故事

众神之父朱庇特瞒着自己的妻子——天后诛诺，与黎明女神相爱。

我的评点

就在朱庇特与黎明女神的爱情结晶将要降生时，天后朱诺知道了这事的真相。朱诺震怒不已，将黎明

女神赶出了天宫。

黎明女神勒托在一个叫德洛斯的荒岛上，生下了太阳神阿波罗。

阿波罗刚一出生，就显出与众不同，荒凉小岛上顿时鸟语花香，异彩纷呈①，金光万丈，一群美丽的天鹅飞过来了。上面端坐着的正义女神从奥林匹斯圣山上飞下来了，给侄儿送仙酒仙丹来了。

襁褓中的阿波罗喝了一口仙酒后，个子一个劲儿地往上长，裹襁褓②的金色腰带被挣断了，一个英俊魁梧、青春勃发、光彩照人的美少年跳了出来，他就是阿波罗。

阿波罗双手举向天空，大声说道：

"我要一把竖琴和一张硬弓，我要预知世间一切。"

他的话音刚落，竖琴和硬弓就出现在他的手里，他试了一下，十分顺手。

从那以后，悦耳的琴声，就像汩汩泉水一样从阿波罗指尖上欢快地流出，光秃秃的小岛上从此鲜花盛开，万里飘香。

后来，阿波罗背着琴和弓箭，云游四方。

他曾给人放过羊，空闲之余，他在风景如画的山野里尽情地弹琴歌唱，愉快的歌声随风飘荡在天地之间，奥林匹斯山上的天神们无不对此羡慕异常。

一天，阿波罗在山坡上放羊，碰见了一个小男孩。小男孩拿着一张小小的弓，他就是爱神丘比特，阿波罗并不认识他。阿波罗走上前，傲慢地对小男孩说：

"你的那张小弓虽然好看，只是太小了，没什么用。"

他却未能预知自己的爱情悲剧。

这里从听觉、视觉、嗅觉三个角度给我们描绘了一幅诗情画意的美景，展现阿波罗琴声的美。

小男孩生气地回答说：

"你的弓虽然硬，威力大，能射中所有的东西，可是，我的小弓能征服你。"

阿波罗没把这话当回事，嘲笑地摇了摇头，转身就走了。

小男孩丘比特拿起弓，对准阿波罗就是一箭。这一箭很小，射到了阿波罗的心窝里，阿波罗几乎没什么感觉。

小男孩箭筒里有两种箭。一种叫爱情之箭，箭头是金做的，十分锋利，箭射中了谁，谁的心里就会燃烧起不可遏止③的爱情之火。另一种是阻挡爱情之箭，箭头是铅做的，箭头钝笨，射中了谁，谁就会永生拒绝爱情。

丘比特射向阿波罗的是金头箭。

阿波罗往前走着，这时，对面树林里走过来一个美丽的姑娘。阿波罗一眼就爱上了她，并向她走去。

姑娘是水仙女，名叫达芙妮。水仙女从阿波罗眼神里看出了他燃烧的求爱的热情，不禁心慌起来。

丘比特向水仙女射出一支铅头箭，铅头箭射穿了水仙女的心，所以，水仙女不会接受阿波罗的爱恋。

达芙妮转身飞也似的跑开了，阿波罗紧紧跟在后面，一边追，一边喊："姑娘，停一停，我是太阳神阿波罗呀！"没想到，达芙妮听到阿波罗的呼喊，跑得更加快了。她的衣服在风中飘扬，她的头发随着身体的摆动在身后飞舞。在奔跑中，达芙妮显得越发美丽。

就这样，一个被爱情鼓舞着，紧紧追赶；一个由于惊慌，没命地逃跑。但阿波罗跑得快些，爱情好像

**（旁注）**
阿波罗的自负为后面的经历埋下了伏笔。

阿波罗的傲慢无礼遭到了丘比特无情的报复。

给了他一对翅膀，追得达芙妮没有喘息的机会。眼看阿波罗就要追上了，慌乱的达芙妮发誓不让身后男人碰自己一下，就在阿波罗即将抓住她飘逸④的长发时，达芙妮一头扎向大地。

阿波罗惊呆了，心爱的姑娘不见了，眼前只有一株亭亭玉立⑤的月桂树，他手上抓着的只是一根月桂树枝。

阿波罗难过极了，他抚摩着新生的树干，感到达芙妮的心还在那嫩绿的树皮下跳动，便激动地抱住月桂树，哽咽着说："你不愿意做我的妻子，但你要做我的树，我的月桂树。我的头发、箭袋上永远要缠着你的枝叶，人们还将用你那常绿的叶子编织胜利者的花冠。"从那以后，阿波罗除了手持弓箭，身背七弦琴外，头上总是带着月桂树枝编织的花环，以此表达对心爱的人的爱慕之情。

阿波罗对丘比特的傲慢让他经历了一次失败的爱情。我们对朋友可要友好谦虚哦。

说文解字

①异(yì)彩(cǎi)纷(fēn)呈(chéng)：形容颜色各式各样，接连不断地呈现出来。

②襁(qiǎng)褓(bǎo)：背婴儿用的宽带子或包婴儿用的被子；泛指被褥等包裹婴儿所用的东西。

③遏(è)止(zhǐ)：极力制止或控制。

④飘(piāo)逸(yì)：洒脱自然，优雅不俗。

⑤亭亭玉立：形容女子身材修长秀美，也形容花木细长挺拔。

故事启迪

古希腊的太阳神阿波罗，手执七弦琴、弓箭、神盾等，长得端庄英

语文新课标必读丛书

俊，一直受到人们的尊敬和崇拜。他掌管许多事情，是音乐和文艺之神，还被尊奉为行路人、航海者的保护神和消灾弭难的神。他主要的角色是太阳神，把光明送到四面八方。

爱情是美好而令人沉醉的，单恋却会给人带来无尽的烦恼和痛苦。阿波罗这样一个命运的宠儿，却不能得到心爱的姑娘，被丘比特的恶作剧伤透了心，他为自己的傲慢无礼付出了沉重的代价。

1. 达芙妮为什么不接受阿波罗的爱情？

2. 你觉得丘比特做得对吗？为什么？

## 先读为快

希腊神话中的爱神维纳斯，是美、爱、欢笑和婚姻的女神。她掌管着人间的爱情、婚姻、生育，以及一切动植物的生长繁衍。你想知道，她是怎样成为奥林匹斯山上最美丽的女神的吗？

# 爱神维纳斯的故事

爱神维纳斯，是美、爱、欢笑和婚姻的女神。她掌管着人间的爱情、婚姻、生育，以及一切动植物的生长繁衍①。

维纳斯诞生于大海之上。那天，轻快的海浪将一枚贝壳推到塞浦路斯岛的海滩上，贝壳的两瓣自动分开，美丽姑娘维纳斯从贝壳里走了出来。她洁白如玉，轻柔似水。她像一朵百合花，身佩丝带，湛蓝②的眼睛柔和而迷人。她往沙滩高处走去，身后脚印里立刻长满了芳香的鲜花。

时光女神在海岸边微笑地迎接了维纳斯，并在维纳斯头上戴上金色头饰，耳上垂着金花耳环，脖子上带一条白色金项链。

四季女神还给维纳斯送来一辆鸽子组成的天车。天车载着维纳斯向天神居住的奥林匹斯山上飞去。

众神之父朱庇特知道维纳斯是自己的女儿，高兴地在天宫迎接了维纳斯。维纳斯的美丽和尊贵，使得本来很华丽的奥林匹斯山更加绚丽夺目③。然而，她的

我的评点

维纳斯太美了，所以会遭来嫉妒。

143

到来，也引起天后朱诺和智慧女神弥涅尔瓦的不满，在一次宴会上，她们发生了争执。

当时，不和女神把一个刻有"献给最美丽的女神"一行字的苹果悄悄地放在酒席桌上。

天后朱诺最先看到那个金苹果，她说她是天下最美丽的女神，她应该得到苹果。

弥涅尔瓦在一旁听到这话，很不高兴，她说这苹果该属于自己，因为自己是天下最美丽的女神。

维纳斯也加入到争吵之中，她说自己是最美丽的。

三个美丽的女神争吵不休，只好让天神之父朱庇特裁决④。

朱庇特让她们去人间的爱达山上，找一个名叫帕里斯的牧羊人裁决争执。

快腿信使墨丘利带着她们去爱达山了。墨丘利负责传递天神的各种信息，腿长脚快，手脚麻利。墨丘利很快找到爱达山上放牧的帕里斯，并把朱庇特交办的事情告诉了帕里斯。

他们想出了一个办法：女神们依次从帕里斯眼前走过，让帕里斯从中挑出最美的一个。

帕里斯手里拿着苹果，眼睛发呆，他觉得眼前的三位女神都美丽无比，他无法说出其中谁最美丽。

这时，维纳斯暗暗发力，向帕里斯许诺，如果选她做最美的女神，她将把人间最美丽的女人海伦作为礼物送给他做妻子。

这个允诺使帕里斯把苹果判给了维纳斯。

争端就此结束。其他两个女神虽然不服气，但也没办法。

---

*这就是引起争执的"导火索"。*

*其实三位女神的美丽不相上下。*

*维纳斯也有虚荣的一面，为了满足自己的虚荣心，也在暗使手段，这个不值得我们学习。*

维纳斯就成了奥林匹斯山上最美丽的女神。

维纳斯是情人的保护神。受她保护的情人可以尽情享受爱情带来的甜蜜与幸福，而那些没有受她保护的人则只能品味单相思的痛苦和折磨。

维纳斯有一个孩子，就是那个长着金翅膀的小爱神——丘比特。丘比特总是张着小翅膀，手持小弓箭，在空中愉快地飞来飞去。他喜欢将痛苦与欢乐，甜美与苦涩合为一体。因此，被丘比特的箭射中的人，除了享受生活的欢乐幸福外，也享受着人生的痛苦与艰辛。

维纳斯的魅力无所不在。大海上，她以光的形式出现。只要她一出现，狂风暴雨就会停下来，暴躁的大海会恢复平静，呈现一片柔和的景象。春天，她会穿梭于丛林和草地，所到之处，便是青翠葱绿，繁花似锦⑤。

维纳斯最喜欢的植物是玫瑰、石榴、苹果、罂粟等，最喜欢的动物是鸽子、天鹅。

维纳斯诞生于大海的巨浪中，是以洁净、柔和、光滑的裸体走向海滩的，因此，艺术家便将这种美丽永远地留在了画布上和文字里。

说文解字

①繁(fán)衍(yǎn)：生物品种数量的增加扩大。

②湛(zhàn)蓝(lán)：深蓝，多形容天空、湖、海等。

③绚(xuàn)丽(lì)夺(duó)目(mù)：灿烂美丽，引人注目。

④裁(cái)决(jué)：由上级或争议双方同意邀请的人对争议的有关

方面问题作出决定。

⑤繁花似锦：各种各样的鲜花盛开，色彩绚丽，像锦绣一样。

一个刻有"献给最美丽的女神"一行字的苹果，让天后朱诺、智慧女神弥涅尔瓦和爱神维纳斯三个美丽的女神争吵不休，最后维纳斯暗暗向帕里斯许诺，将把人间最美丽的女人海伦作为礼物送给他做妻子，才使帕里斯把苹果判给了维纳斯。原来神仙也在意身外名利啊！这样的裁决总让人有那么一点遗憾。

其实生活中有很多事情也是如此。为了虚名小利你争我夺，用尽手段，最后不过是过眼烟云，空留笑柄罢了。是否真正名副其实，还有待于时间去检验。

1. 帕里斯的裁决是公正的吗？

2. 欣赏有关维纳斯的艺术作品。

> **先读为快**
>
> 我们所见过的爱神丘比特的形象，都是一个长着一对翅膀，手拿弓箭的小顽童。他在人间到处射箭，让多少青年男女沉迷在爱情之中，可是这一次，丘比特自己却被爱的神箭射中了……

# 爱神丘比特

从前，有一个国王，他有三个女儿，最小的一个叫普赛克，长得貌若天仙，连鸟儿见了她都舍不得飞走，那里的百姓人人都称赞普赛克的美貌，连美神维纳斯都忘掉了。

维纳斯很气愤，便命令儿子爱神丘比特去惩罚一下普赛克。可是，丘比特为难极了，他既不想违抗母命，惹母亲生气；又不想伤害普赛克，因为<u>自从他见过普赛克一面后，就已经深深爱上了她。</u>

丘比特想了一个办法，他恳求太阳神阿波罗向普赛克的父亲发出神示：必须禁止女儿结婚，并把她遗弃到荒凉的山岩上，让一条飞龙带走；否则，灾难将会降临到他的国度里。国王没有办法，只得屈服于神的意志。

当普赛克在山岩上被飞龙带走后，来到了一个幽深的山谷中，山谷中有一座富丽堂皇①的宫殿，飞龙和普赛克成了这里的主人。到了晚上，普赛克正要睡觉，

连丘比特都被迷住了，可见普赛克实在太美了。

飞龙突然显现人形，来到了她的卧室。当然，这条飞
龙是丘比特变的。

"普赛克，请千万不要点灯！"丘比特对普赛克
说："我现在是你丈夫，只要你不偷看我的容貌，不问
我的姓名，那么你将成为世界上最幸福的人，这宫殿
里的所有东西都是你的。如果你不听我的话，你将后
悔莫及②。"

普赛克听了这话，虽然感到惊讶，然而这个声音却
是那么温和，那么动听，她像得到了保证似的，所以，
她就答应了。从此，丘比特每夜都来陪伴她，使她感到
无比幸福。然而，一到白天，她便一个人独自呆在宫
中。开始时，她还觉得挺新鲜的，到处走走，可时间一
长，她有些厌倦③了，感到生活太寂寞。

有一天夜里，普赛克对丈夫说："我白天一个人在
宫中，好寂寞好寂寞，我想回去看看两位姐姐，你说

好吗?"丘比特当然不同意普赛克离开宫殿,又怕她难过,只好答应把她的两个姐姐带到宫中,让她们姐妹在一起玩一玩,普赛克同意了。

姐姐们来到宫中,看到妹妹过着如此奢华的生活,都十分嫉妒。她们不断盘问普赛克有关她丈夫的情况,普赛克经不住两位姐姐的纠缠,只好把实情讲了出来。姐姐们听了大吃一惊,异口同声④地说:"妹妹呵,你丈夫不让你夜里点灯,又不让你在白天看到他,他一定长得很丑陋,或许是个魔鬼。"

姐姐走了,普赛克心里很难受,觉得姐姐们说的有道理,她决心弄个水落石出⑤。

一天夜里,等丘比特睡熟了。普赛克轻轻起了床,一手提着一盏油灯,一手握着一把匕首走到丘比特床前。要是丈夫是个魔鬼,她就用这把匕首杀了他。借着灯一看丈夫原来长得非常英俊,她高兴极了,想弯腰吻他一下,可一滴热油不小心滴到了丘比特的肩上,丘比特被惊醒了。

"普赛克,你倒大霉啦!"丘比特大叫起来,"你怀疑我,不听我的劝告。你现在知道了我的秘密。你原来可以完全拥有我,现在却完全失去了我。"说完,丘比特就消失了。

普赛克万分悲痛,她四处寻觅丘比特,但怎么也找不回来了。

丘比特的爱多么自私啊!为后文故事埋下伏笔。

有些人对于不了解的事情,常会妄加评论。

**说文解字**

①富(fù)丽(lì)堂(táng)皇(huáng):宏伟华丽。

②后悔莫及:事情过后感到懊悔也来不及了。

149

③厌(yàn)倦(juàn)：对某种活动或事情感到乏味而不愿意继续下去。

④异口同声：不同的人说出同样的话。形容众人的说法或意见完全一致。

⑤水落石出：意思是水位落下去，石头自然从水中露出来。比喻事情真相大白。

故事启迪

中国古代神话传说中的神仙，大多都伟大而完美。而在古希腊神话传说中，众神却像普通人一样，也有着七情六欲。比如维纳斯因普赛克美过自己而嫉妒，丘比特却为了一己之私，恳求太阳神阿波罗帮忙等等。

普赛克与丘比特的爱情从一开始就不是对等的。普赛克因为长得太美被遗弃在山谷中，与神秘的丘比特成为夫妻。丘比特对普赛克了如指掌，而普赛克却连丈夫长得什么样都不知道，这样缺乏坦诚的爱情又如何互相信任呢？幸福的生活无法继续下去，他们两个都有责任。

奇思妙想

1. 普赛克为什么会失去丈夫？

2. 丘比特为什么要变成飞龙，不让普赛克了解自己？

中外神话传说故事

# 欧罗巴

　　腓尼基国王阿革诺耳有一个女儿叫欧罗巴，一直深居在父亲的宫殿里。

　　一天清晨，欧罗巴同许多和她年岁相仿的姑娘一起玩耍。她们一起散步、采花，在不远的海滩上捡贝壳。

　　正在这时，神主宙斯经过这里，在空中看见了欧罗巴，立刻沉醉了，想与欧罗巴相爱。但欧罗巴的周围有许多女伴，宙斯不能立刻走下来与欧罗巴接近，就想了一个妙计。

　　宙斯立即变成了一头公牛降落在草地上。他混进牛群之中，低着头，摇着尾，在草场上吃草。

　　公牛慢悠悠地走到姑娘们坐着的草地边，姑娘们觉得这头公牛个头儿虽然壮硕[①]，性情却格外温顺。欧罗巴站起来，伸出手抚摸它油光光的脊背，把散发着香味的玫瑰花环举到它的嘴边。

　　公牛很通人性，轻轻地舔着玫瑰花和欧罗巴的手掌。

宙斯成功地蒙骗了欧罗巴。欧罗巴单纯、善良。

欧罗巴没见过如此温驯的公牛，情不自禁地低头吻了吻公牛锦缎般的前额。

公牛快乐地叫起来，那声音像牧人悠扬的牧笛声一样令人着迷。公牛卧倒在欧罗巴的身边，无限爱恋地望着欧罗巴，轻轻地摇着头，示意欧罗巴骑到自己后背上。

欧罗巴从女伴们手里接过花环，挂在公牛犄角上。然后微笑着跨上公牛宽阔的后背。

欧罗巴还想请伙伴们上来，但是这时，公牛立了起来，穿过草地，慢慢地向海边沙滩走去。

忽然，公牛撒开四蹄向海里扑去，欧罗巴吓得大叫起来。公牛在海面上飞驰②着，慢慢地远离了海岸，欧罗巴什么也看不见了。欧罗巴紧紧地抓住它的角，紧紧地贴在它的身上，一动也不敢动。

公牛驮着欧罗巴一直往前，在水中游了整整一天。傍晚时分，他们终于来到一块平坦的海岸，公牛爬上陆地，来到一棵大树旁，让欧罗巴从背上轻轻滑下来，自己却突然消失了。欧罗巴正在惊异，却看到面前站着一个俊美的男子。他告诉她，他是克里特岛的主人，如果欧罗巴愿意接受他的爱情，他可以保护她。欧罗巴四下看了看，再看看这位美男子，知道自己处于什么境地了，出于无奈她便朝他伸出一只手去，表示答应他的要求。宙斯实现了自己的愿望。

宙斯用计得到欧罗巴的爱情，多少显得有些不真诚哦。

一轮红日冉冉升起，欧罗巴从沉沉梦乡里醒来，她环顾四周，不知道自己在哪儿，也不知道可爱的父亲在哪儿。她大声地呼喊着父亲，却没有任何回音。

她想起了发生的一切，这才明白，是那头公牛诱骗了自己。

欧罗巴悔恨交加<sup>③</sup>，她往海边走，想投海一死了之。突然，她听到背后好像有脚步声。她惊讶地回过头去，看到女神维纳斯站在面前，浑身闪着天神的光彩。女神旁边站着她的小儿子，爱情的天使——丘比特，他弯弓搭箭，跃跃欲试。女神嘴角露着微笑，说："美丽的姑娘，别再生气了。告诉你吧，驮你到这儿的公牛是宙斯本人。你现在成了地面上的女神，你的名字将与世长存，从此，你脚下的这块土地以后就叫做欧罗巴！"

欧罗巴恍然大悟<sup>④</sup>，她默认了自己的命运。后来，她跟宙斯生了三个儿子。

其实人光有善良是不够的，还要有一颗能分辨是非的心，否则就会像欧罗巴一样受骗哦。

这就是欧洲大陆。

---

### 说文解字

①壮（zhuàng）硕（shuò）：身体强健结实。

②飞驰：飞快地跑。

③悔恨交加：懊悔和痛恨交织在一起，形容感情非常复杂。

④恍（huǎng）然（rán）大（dà）悟（wù）：一下子明白过来或觉悟过来。

### 故事启迪

命运真是奇妙，它有时会与人的意志相逆反。当拥有法力的神参与其中的时候，命运就会变得更加扑朔迷离。天真美丽的欧罗巴，被变成公牛的宙斯所欺骗，出于无奈，她只好默认了自己的命运。

在古希腊神话传说中，宙斯的滥情比比皆是，另一方却多数只能逆来顺受，无法反抗。这一方面反映了当时社会中的家庭与婚姻的道德观

念，另一方面也反映了当时妇女社会地位的低下。

奇思妙想

1. 欧罗巴真正爱宙斯吗？

2. 你认为宙斯是个什么样的神？

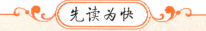

## 先读为快

　　一棵野生的瓜秧上长着一个奇怪的西瓜，看上去就像人的面孔，不但会说话，还会指挥牛干活，最后居然娶了一个公主……你见过这样的西瓜吗？

# 西瓜王子

　　从前，在一个偏僻的小村庄里住着一对老年夫妇，他们无儿无女，常常感到非常孤独。

我的评点

　　有一天，老太婆走路时，看见路边一棵野生的瓜秧上长着一个奇怪的西瓜，看上去就像人的面孔，就

好奇地把它带回了家。

中午时，老太婆做好了饭菜，正打算给在地里干活的丈夫送午餐去。

突然，她听见一个又细又小的声音说："妈妈，让我给爸爸送饭去吧。"老太婆吓了一跳，仔细一听，原来是西瓜在说话。老太婆又惊又喜，忙把饭菜交给了小西瓜。

小西瓜顶着食物，蹦蹦跳跳地到了地里。他找到了老农夫，高声喊道："爸爸，吃午饭啦。"老农夫回头一看，见是一个西瓜在叫，一时感到莫名其妙①。当小西瓜再叫他时，老农夫才高兴地说："好吧，孩子。等我给牛喂完水再来吃。"小西瓜说："让我来替你干吧。"说完，小西瓜放下食物，便使劲向牛腿撞去。小西瓜不断撞击牛腿，让牛顺道走向河边。可当牛喝完水，小西瓜再次撞击牛腿想把牛赶回来时，一下子被牛踢进了河里。

小西瓜漂呀漂，漂了好远才爬上岸来。上岸后，牛不见了。回到家，看见父母正发愁呢。原来，牛吃了国王花园的花，被国王关起来了。小西瓜很生气，心想："国王凭什么拉走我的牛！我一定要找他算账。"

可去王宫的路挺远的，怎么去呀，小西瓜找来树枝树叶，做了一辆双轮车，坐上去让两只田鼠拉着。半路上，小西瓜遇到了一只野猫、一匹狼和一团火。在小西瓜的劝说下，它们都愿意帮助他。他把它们藏在耳朵里，一起到王宫去找国王算账。

这些朋友是小西瓜能够成功的关键。

看守宫门的卫士们见两只田鼠拉着一个小西瓜，非常惊奇，还没等他们反应过来，小西瓜已经喊叫开了："国王，快把牛还给我！"说着，就冲进了王宫。国王见是一个西瓜在喊叫，笑得前俯后仰②，肚子都痛了。他命令手下人把西瓜抓起来，关到鸡窝里去。鸡群见扔进个西瓜，都跑过来看。这时，小西瓜高喊："野猫快出来呀！"野猫一纵身，从小西瓜耳朵里跳出来，三下两下咬死了所有的鸡。

第二天，小西瓜又来找国王，他扯着嗓子喊道："国王，快把牛还给我，不然你会吃苦头的。"国王不听，又派人把他抓了起来，关进了羊圈。众多的羊看见西瓜，都扑了过来。小西瓜高喊："狼出来！"狼马上跳出来，很快咬死了所有的羊。

第三天，小西瓜又找到国王，向他要牛。这次国王愤怒了，命人把小西瓜关进了地下室。小西瓜一进地下室，就高声喊道："火出来！"火冒着烟发出呼呼的声音，从小西瓜耳朵里钻出来，一下烧毁了地下室所有的东西，并且开始向其他地方蔓延。宫殿上空升起了滚滚浓烟，王宫乱作一团。国王和王后正在睡觉，听说着火了，也惊慌失措③，忙问："这是怎么回事？谁放的火？"

这时，小西瓜出现在他们面前，承认是自己放的火。国王和王后赶紧向他求情，说只要他立即灭了火，就把牛还给他，还给他许多金银财宝。小西瓜不慌不忙地说："现在为时已晚。除非把公主嫁给我。否则，这火是灭不了的。"起初国王和王后不答应，但见火越烧越旺，只好答应了他的要求。

国王和王后刚一答应，火就灭了。突然，"咔"一声西瓜裂开了，从里面走出个英俊的青年。年轻人向国王和王后一躬身说："我本来是一个王子，有个巫婆把我变成了西瓜，但谁只要肯把女儿嫁给我，我就可以恢复原来的面貌。"

国王和王后听了非常高兴，不久，就为王子和公主举行了隆重的婚礼。

## 说文解字

①莫名其妙：谁也不能说出其中的奥妙。形容事情很奇特，使人不能理解。

②前（qián）俯（fǔ）后（hòu）仰（yǎng）：身体前后摇晃。

③惊（jīng）慌（huāng）失（shī）措（cuò）：惊恐慌张，不知道如何是好。

## 故事启迪

"不经一番寒彻骨，怎得梅花扑鼻香"。被巫婆变成西瓜的英俊王子，经历了一番痛苦的磨难。但王子勇敢而坚强，依靠自己的聪明智慧和朋友们的帮助，不但解除了魔法，还娶回了公主，得到了终生的幸福。

漫长的人生道路上，不会总是一帆风顺的。当你遇到困难、挫折和打击的时候，一定要记得，勇敢地去迎接人生的风雨，"雨后才能见彩虹"。磨难是人生的财富，这是生活赐予的最好的礼物。

## 奇思妙想

1. 小西瓜是怎样娶到公主的？

2. 小西瓜成了王子后，还会去找小村庄里的爸爸妈妈吗？

先读为快

　　"富士山"意思就是不死的山，它是日本一处风景优美的地方。关于富士山的来历，还有一段非常曲折动人的神话故事呢！我们快点去看看吧！

# 富士山的传说

　　传说，在日本有一个叫笃郎的老头，他无儿无女，孤零零一个人，靠编织竹篮为生。一天，笃郎坐在院子里编竹篮，旁边放了一堆从山中砍回来的竹子。院子中静悄悄的，他突然听到一声柔柔弱弱的"哎哟"声，他左看右看什么也没有，就接着编他的竹篮。一会儿，细小声音又响起来："拉我出来吧，拉我出来吧。"笃郎四处看看还是没有什么人。"我在这儿，我在这儿。"笃郎顺着声音找去，原来声音是从他手中的竹管里发出来的，仔细一看，竹管中有一个小的像小拇指一样的小姑娘。"你是从哪里冒出来的？你怎么这么小呢？"笃郎问。漂亮的小不点眉飞色舞①地对笃郎说："我是月宫里的女孩，我们那儿的人都这么小。我在冷清的月宫呆烦了，偷跑出来到人间玩，不小心掉进你的竹管里了。你们这儿真好玩，我想多呆些日子，你收我做女儿吧，我什么都会干，我会帮你洗衣、做饭、编竹篮，留下我吧。"看着这可爱的小精灵，孤单一人的笃郎高兴地答应了。小女孩虽小，但吃了人间的饭菜后，长的很快，没几天，就长成一个漂亮的大姑娘

用比喻的修辞手法，形象地写出了小姑娘的"小"。

了，笃郎叫她"山竹子"。

笃郎家不远处住着一个年轻的铁匠，他是个心灵手巧、勤奋勇敢的小伙子。铁匠与山竹子一见钟情②，深深相爱了。铁匠下决心一定要多挣些钱风风光光地把心爱的人娶回家。可是山竹子的美丽早已远近闻名，传到了三个皇太子的耳朵里。皇太子一郎来到笃郎家求亲，山竹子对他说："你到印度国取来一只被妖怪看守的铁酒杯，它壁薄如蝉翅，里面装满金灿灿的宝石，拿到这份聘礼后我再嫁给你。"傲慢的一郎痛快地答应了。但他并没到印度去，他请来了全国最好的工匠给他打造了一只这样的酒杯，而这个工匠正是与山竹子相爱的那个铁匠。一郎拿着酒杯到山竹子面前并吹嘘③着他惊险的经历。铁匠恰好当时正在山竹子家，他当场拆穿了他的谎言，一郎灰溜溜地走了。二皇子仓石又来求亲，山竹子对他说："东海蓬莱山山顶上有一棵被三只老虎守护着的樱桃树，金做的树身，银做的树枝，钻石做的果实，有了它我就嫁给你。"仓石让全国最巧的工匠用金、银、钻石打造了这样一棵樱桃树，来到了山竹子家。而这个工匠恰好也是那个年轻的铁匠，铁匠追来要工钱，又揭开了二皇子的骗局，二皇子惭愧地走了。三皇子道太也来求亲，山竹子说："听说中国有一对金鸟，只有指甲盖那么大，翅膀上有一万根羽毛。一条十个头的凶龙守着它。得到它后，我才嫁你。"道太也不愿付出艰辛的努力，他让全国最有耐心、最能干的工匠给他造一只这样的鸟。工匠用上自己全部心血和辛苦劳动终于造出来了。而这个工匠又是那个勤劳的铁匠。道太得意地拿给山竹子。铁匠来到山竹子家对道太说："金鸟的肚子

一郎不信守诺言，白白地把爱情让给了别人。

仓石和一郎一样，对待爱情不真诚，注定了要失败。

是啊，不付出劳动，怎么可能有收获呢？

上刻着我的名字，你们不愿付出努力，是永远得不到你想要的东西的。"道太识趣地走了。最后，铁匠将他精心做的三件宝物都献给了山竹子，山竹子幸福极了。

可好景不长，天上的月神找不到山竹子，知道她跑到了人间，便派喽啰抓山竹子回宫，狡猾的喽啰趁晚上山竹子熟睡时，给她套上了魔衣。魔衣能使人失去记忆。山竹子忘掉了一切，连铁匠也不认识了。喽啰带着山竹子驾云飞起来的时候，铁匠跑来追赶他们，但追到了山顶再也追不上了，心急如焚④的他不停地用铁锤锤着山头，山头被锤得裂开了，喷出冲天的炽热的岩浆，烧着了云彩，喽啰一下子从云头上掉下来，摔死了。而穿着魔衣的山竹子则平安地落到铁匠的怀里，但她仍然不认识铁匠，并执意要回月宫。铁匠失望极了，一气之下跳进山头的裂缝自尽了。刹那间，太阳升起来了，月宫的魔衣失去了魔力，山竹子恢复了记忆，但她已失去了铁匠，山竹子痛不欲生⑤毅然跳入裂缝追随铁匠而去了。

人们都说铁匠和山竹子没有死，他们就住在大山里面的宫殿里，山顶上喷出的火焰，升起的袅袅烟雾是他们在生火做饭呢。从此人们把这座山叫富士山，意思就是不死的山。

勤劳的人才最可爱。

我的评点

## 说文解字

①眉飞色舞：形容高兴得意的神态。

②一见钟情：第一次见面就彼此喜欢对方。

③吹（chuī）嘘（xū）：夸大地宣传。

④心急如焚（fén）：形容着急到了极点。

⑤痛不欲生：形容悲痛到了极点。

　　从月宫降落凡间的女孩山竹子，美丽可爱，远近闻名。山竹子给追求者出的难题，三个皇子谁也没做到。他们不愿意付出努力，当然永远也得不到想要的东西。心灵手巧，勤奋勇敢的铁匠，将他精心所做的三件宝物都献给了山竹子，用他的勤劳和汗水，赢得了山竹子的爱情。

　　然而，靠艰辛的努力和卓越的技艺获得幸福的铁匠，面对被月宫的魔衣所控制而失忆的山竹子，却放弃了继续努力，没有积极想办法为山竹子解除魔力，而是消极地选择了自尽身亡，造成了双双殉情的悲剧。其实有时候，成功离你也许就只有一步之遥，关键在于你是否有勇气坚持到底。

1. 山竹子为什么不爱三个皇子？

2. 你想对跳崖自尽的铁匠说些什么？

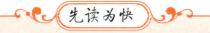

> 古希腊被看做是西方文明的摇篮，提起它的首都雅典，就会让人联想到奥林匹克运动会，美丽的爱琴海，还有被称为世界七大奇迹之一的巴特农神庙等等。那么，为什么要以"雅典"来命名这座城市呢？

# 智慧女神雅典娜

智慧女神雅典娜是古希腊语中英勇精神的同义语，她一般以身披盔甲的战士形象出现，威风凛凛①，异常神勇，是城市的保护神，是智慧和知识的女神，也是不可战胜的战神。雅典娜还是希腊英雄的保护神，她常常帮助处于困境之中的希腊英雄。她的性格好斗但却公正，猫头鹰是她的象征。

雅典娜是天父宙斯和聪慧女神的女儿。传说聪慧女神怀孕以后，宙斯生怕她会生出一个比自己强大的儿子，就把聪慧女神吞进了肚里。过了几天，宙斯的头剧烈地疼痛起来。他只好令火神劈开自己的脑袋。谁知，头颅刚刚裂开，全身披戴铠甲②的雅典娜便大叫着跳了出来。

在希腊诸神中，宙斯的威力是最大的，聪慧女神是最聪明的，雅典娜继承了父母的全部优点，变成了威力和智慧的化身。古希腊人对雅典娜有着特殊的感情，雅典城的名字就是由雅典娜而来的。

雅典娜如此出生，难怪会是一位女战神。

163

据说，当初希腊新建了一座城市，海神波塞冬和智慧女神雅典娜都想当这座城市的保护神，都想用自己的名字为这个城市命名。并为此争斗起来。宙斯决定召集希腊众神前来裁定③这件事。诸神都聚集到了克菲莎斯河岸，坐在各自的金座上，伟大的宙斯和神后赫拉坐在最高处。雅典娜手持百战百胜的长矛和神奇无比的盾牌站在众神面前，旁边站着海王波塞冬，手持威力巨大的三股叉。

裁决开始了，宙斯要求雅典娜和波塞冬运用各自的神力，谁能从地上生出最有益于人类的东西作为赐品，就用谁的名字为厄瑞克透斯的城市命名。如果波塞冬胜利了，城市就命名为"波塞冬尼亚"，如果雅典娜胜利了，就命名为"雅典"。

比赛开始了。傲慢的波塞冬用他的三叉戟敲了一

读到这里，你猜到结果了吗？

下新城的岩石，石头里立刻跳出一匹高大的战马。这马浑身雪白，矫健④异常，嘶叫着飞也似的凌空而去。波塞冬威严地说："这就是我赐给这座城市的礼物。这座城里的人骑上它，可以驰骋⑤疆场，保卫他们的国家不受别国侵犯。"马是战争的象征，众神默默无语，将期望的目光投向雅典娜。

雅典娜微笑着，不慌不忙地用长枪敲了敲新城的岩石，石头里立刻长出了一棵茂盛的果实累累的油橄榄⑥。宙斯问雅典娜："告诉大家，你为什么种一棵树给人类呢？"雅典娜面对诸神说："波塞冬的赐品——马，将会带给人类战争、哄斗和痛苦；而我的橄榄树会给人类带来和平、自由与幸福，它是和平的象征。"诸神都赞许雅典娜的赐品好，宙斯点头裁判城市命名为雅典。直到今天，在雅典的卫城上，还残存着古希腊人为敬奉雅典娜女神而兴建的神庙。神庙里，有一尊雅典娜的神像，是古希腊大艺术家斐狄亚斯用黄金和象牙镶嵌⑦而成的。雅典娜全副武装，头戴战盔，胸前挂着装有女妖美杜沙头颅的护胸，她微笑着手里握着盾牌和长矛深沉地看着这座城市。这座神像高大而雄伟，被视为古希腊最杰出的艺术珍品。

中外神话传说故事

这才是人类真正想要的幸福。

我的评点

---

说文解字

①威（wēi）风（fēng）凛（lǐn）凛（lǐn）：威风：威严的气概；凛凛：严肃，可敬畏的样子。形容声势或气派使人敬畏。

②铠（kǎi）甲（jiǎ）：古代军人打仗时穿的护身服装，多用金属片缀成。

③裁（cái）定（dìng）：法院在案件审理过程中就某个问题做出决定，

165

也泛指做出决定。

④矫(jiǎo)健(jiàn)：强壮有力。

⑤驰(chí)骋(chěng)：骑马奔驰。

⑥橄(gǎn)榄(lǎn)：一种常绿乔木，果实可吃，也可入药。其枝叶在西方被看做是和平的象征。

⑦镶(xiāng)嵌(qiàn)：把一个物体嵌入另一个物体内。

雅典是希腊一座最著名的城市。在世人的心目中，希腊是欧洲文明的发源地，而雅典则是希腊文化的摇篮。雅典娜是勇敢与智慧的化身，以智慧女神雅典娜来命名这座城市，更给它增添了几分神秘和美丽的色彩。

雅典娜之所以能够战胜傲慢狂妄的海神波塞冬，是因为她深深地懂得，什么才是人类真正想要的幸福。只有真正心怀天下，以无私的爱，给人类带来和平、自由与幸福的人，才值得人们永远地铭记和怀念。

1. 雅典娜为什么能战胜波塞冬？

2. 收集有关希腊首都雅典的资料。

## 先读为快

　　一个英俊潇洒、品德高尚的小伙子，去为国王送一封信。他却不知道信中所写的，竟然是要求收信人杀死他！这到底是怎么一回事？他能够脱离危险吗？让我们一起来读读发生在这个年轻人身上的故事吧。

# 帕勒洛丰的神马

　　帕勒洛丰是个年轻的小伙子，他不仅英俊潇洒①，而且品德高尚。一次，他和一个人比剑，失手杀死那个人，为了逃避控告和受刑，他逃到另外一个国家，那个国家的国王普洛托斯热情地收留了帕勒洛丰。

　　国王的妻子见到帕勒洛丰时，被他高贵的气质吸引了，她后来找各种机会接近帕勒洛丰，千方百计引诱他。可是，帕勒洛丰都没有接受。王后对此恼怒不已。为了报复帕勒洛丰，王后气急败坏地对丈夫说："杀死那家伙吧，你对他那么好，他却三番五次地戏弄我。"

　　国王听了妻子的话很吃惊，但他下不了手杀掉这么好的一个小伙子，于是，国王写了一封信给岳父，让帕勒洛丰送去。信中写道："看到这封信后，就立即杀死送信的人。"帕勒洛丰毫不知情，带着信，毫无戒备②地当起了信使。

　　帕勒洛丰走呀，走呀，历经千辛万苦终于来到国王的岳父所在的地方，老人善良和蔼，他热情地接待

　　他单纯、善良、热情，一定不会被杀害的。

167

远方的客人，管吃管住，一连九天，也没有问年轻人来自何方，要去何地。第十天，老人才问上述问题。帕勒洛丰将随身带着的信呈给老人。

老人看罢信后，大吃一惊。他相信女婿，但看看眼前这位天真无邪③的年轻人，老人却下不了手。老人想了想，告诉帕勒洛丰山里有一个长着狮头、龙尾、羊身，嘴里到处喷火的怪物，它经常出来害人，希望能把它杀死。老人想借怪物的残暴，除掉年轻人。

老人的心里其实很矛盾。

帕勒洛丰一点也没有往这方面想，他感谢老人对自己的信任，感谢他十几天来对他的照顾就接受了这个任务，进山了。众神看到了这一幕同情这位英俊无邪的年轻人，在他寻找怪物的途中，送给他一匹神马。这匹神马能通晓世事，神勇非凡。有了这匹神马的帮助，他杀死了怪物。

年轻人回来后，把怪物的头交给老人。老人一看此招不灵，只好再让小伙子带领一支军队去边境肃匪。帕勒洛丰仍然没有半点怀疑，率领军队去打仗。很快，在神马的指引下，他英勇杀敌，平息了边境的叛乱。

后来，帕勒洛丰又遇到过几次危险，但每次都在神马的帮助下化险为夷④。

老人对待事情客观公正，老人是智慧善良的。

老人这时才明白英俊潇洒的帕勒洛丰不是罪犯，而是众神的宠儿。于是，他不再暗害他，还把自己的女儿嫁给他。

但是帕勒洛丰逐渐增长了自负的缺点，而这一缺点断送了帕勒洛丰的前程。一次，他骑着众神送给他的神马，飞到奥林匹斯山上，参加众神的聚会。宴会上，他傲慢地指责众神的种种失误，神马突然竖起前蹄，将帕勒洛丰掀翻在地，大家开始疏远他。

后来，帕勒洛丰过着默默无闻的生活，终了一生。

①英(yīng)俊(jùn)潇(xiāo)洒(sǎ)：形容年轻人相貌漂亮，气质洒脱。

②毫无戒(jiè)备(bèi)：形容一点儿没有防备之心。

③天真无邪(xié)：形容思想单纯、活泼可爱，没有虚伪做作，多指儿童。

④化险为夷(yí)：险：险阻；夷：平坦。化危险为平安。比喻转危为安。

**故事启迪**

年轻英俊的帕勒洛丰，在一次比剑中失手杀了人，为了逃避控告和受刑，逃亡在外。又因不受王后的引诱而遭到陷害，差点为此送了命。幸亏众神同情这位英俊无邪的年轻人，送给他一匹神马，让他屡战屡胜，成就了一番事业。真是"塞翁失马，焉知非福"啊！

可是，功成名就的帕勒洛丰，却忘记了众神的帮助和神马的功绩，骄傲自负，目中无人，被神马狠狠地摔下来，从此默默无闻，终了一生。一个人，无论地位多高，功劳多大，都要对自己有清醒的认识和正确的评价，否则就有可能摔跟头，无法翻身。

**奇思妙想**

1. 假如帕勒洛丰看到了信的内容，他会怎么做？

2. 被神马掀翻在地的帕勒洛丰，心里会想些什么？

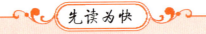

先读为快

松软可口的烤面包是许多小朋友爱吃的。可是你知道吗？在印度有一种高大茁壮枝繁叶茂的大树，能结出散发着阵阵诱人的香味的面包呢！想不想尝一尝？我们一起去看看吧！

# 面包树

古老的印度国有一户人家，住着一个老头、他的儿子、佣人①和一只狗，他们过着贫困的生活。慈悲之神布拉赫玛想帮助他们。但是，他不知道他们值不值得帮，于是决定先试探②一下。

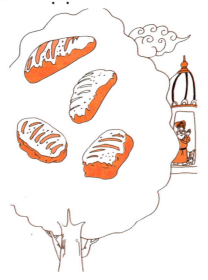

一天，干旱的大地上下起了滂沱大雨③。贫困的一家人没法下地干活，只好待在家中，家中的食物只剩四个面包了。这时，"嘭！嘭！"有人敲他们家的门，打开门一看，是一个乞丐，他说他饿极了，需要点面包。"把我的面包给他吧。"老头说："他那么大年龄，连一个挡风避雨的地方都没有，比我们更可怜，但愿布拉赫玛保佑我们。"佣人很不情愿地给了乞丐一个面包。第二天，乞丐又来要面包吃，老头很为难，他停顿了一下，对佣人说："把你的面包给他吧，慈悲的布拉赫玛会赐福给你的。"佣人平静地把自己的面包给了乞丐。又过了几天，乞丐又来敲门了，老头说："把我儿子的面包给他，虽然他会挨饿，但这样可以使他学会帮助别人。"佣人带着同情的眼光又给了乞丐一个面包。可没几天，乞丐又第四次来登门了。老头说："把狗的那个面包也给他吧，虽然狗会挨饿，但是只要能减轻这位兄弟的贫困，我想狗要是能明白，也会愿意的。"佣人欣然拿出了最后一个面包给了乞丐。这时，雨停了，天空出现了一道美丽的彩虹。再看乞丐，转眼间，他的破衣烂衫变成了华丽的服饰，金色的光环笼罩在他头顶。布拉赫玛现出了他本来的面目。他交给了佣人一颗杏一样大的种子，说："把它交给你那慈悲④善良的主人，种下它会长出果实，你们永远不会再挨饿了。"佣人惊喜地把种子交给主人，等他们出来拜谢时，慈悲之神已经不见了。老头在门前种下了那粒神奇的种子，霎时⑤，种子便发芽，成长，变成一棵高大茁壮枝繁叶茂的大树，树上结着四个巨大的面包，散发出阵阵诱人的香味。从此面包树便在印度出现了，那是布拉赫玛对慈悲者的恩赐⑥。

老人心地善良，首先牺牲自己。

全家人都是真正的慈善之人。

中外神话传说故事

171

## 说文解字

①佣(yōng)人：被雇佣的人。

②试探：用某种方法引起对方的反应，借以考验对方的实情或意图。

③滂(pāng)沱(tuó)大雨：形容雨水很大。

④慈(cí)悲(bēi)：佛教用语，称给予人们安乐叫慈，拔除人们的痛苦叫悲。后用慈悲泛指对人的同情和怜悯。

⑤霎(shà)时(shí)：时间很短。

⑥恩(ēn)赐(cì)：奖励，赏赐。

## 故事启迪

做慈善事业，跟钱财的多少没有直接关系。一个人，只要他尽了自己最大的努力，去真心地帮助别人，没有企图，不求一点回报，哪怕只是一个面包，也是真正的慈悲、真正的善良、真正的品德高尚！

在生活中，偶尔做一件两件好事并不太难，难的是一直做好事。尤其是在自己的条件并不好、又损害自身利益的情况下，像那位施舍面包的老人那样：甘愿施舍，无私帮助，不厌其烦，一帮到底，才真正是难能可贵的。

## 奇思妙想

1. 慈悲之神布拉赫玛为什么要变成乞丐？

2. 谈谈你对这家人的感想。

## 先读为快

伊翁是一个从小被母亲克瑞乌萨抛弃的私生子。一个偶然的机会母子团聚了，生活在一起却互不知情。克瑞乌萨打算悄悄派人杀死这个私生子，以免他继承厄瑞克透斯的王位，却不知道，这就是她苦苦寻找多年的儿子……

# 伊翁寻母

雅典的国王厄瑞克透斯有一个漂亮的女儿，名叫克瑞乌萨。她和太阳神阿波罗偷偷相爱，还为他生了一个私生子。由于害怕父亲生气，她把孩子装在一只箱子里，放在她跟太阳神经常幽会的山洞里。并且把自己当姑娘时佩戴①的首饰挂在孩子的身上。儿子出世的事自然瞒不过阿波罗。他拜托兄弟赫耳墨斯将孩子放在他的特尔斐神殿的门槛上。

孩子一天天长大，渐渐长成一个高大英俊的少年。

克瑞乌萨从此以后再也没有听到太阳神阿波罗的消息，以为他早已将她和儿子忘掉了。后来她嫁给了有功于雅典的克素托斯。但是这件事激怒了太阳神，为了惩罚她，她一直没有生育。过了若干年，克瑞乌萨和丈夫去特尔斐神殿求子。当她来到神殿时，阿波罗的儿子正跨在门槛，用桂花树枝装饰门框。克瑞乌萨一见神殿就禁不住掉泪。年轻人小心翼翼②地问这位高贵的夫人为什么那么悲哀。

"你是不幸的人吗？"

"我早就是个不幸的人了，"克瑞乌萨回答说，"我非常羡慕你的母亲，能够有你这么一个聪明伶俐的儿子。"

"我不知道我的父母是谁，"年轻人悲伤地说，"我也不知道自己是从哪里来的。"

公主听到这话，心里怦然一动③："我认识一个妇人，她曾对我说，在她和现在的这个丈夫结婚之前曾经跟伟大的阿波罗生了一个儿子。女人将孩子遗弃了，从此就再也不知道他的音讯。"

"这是多少年前的事情？"年轻人问。

"如果他还活着，大概跟你年龄差不多。"克瑞乌萨说。

这时，年轻人听到圣殿内间的门开启的声音，接着又看见克素托斯兴冲冲地走了出来。他突然亲热地抱住守在门外的年轻人，连声叫他"儿子"，而且要求他也拥抱自己，给自己一个吻。年轻人傻呆呆地僵住了，不知道发生了什么事，以为他疯了，冷漠地用力将他推开。可是克素托斯并不在乎。"神已亲自给我启示，"他说，"神谕宣示：我出门来遇到的第一个人便是我的儿子，你就是我出门后遇见的第一个人，这是神的一种赐予。"

听完这话，年轻人也不由得高兴起来，但是，他不知道克素托斯的妻子是否愿意认他做儿子。克素托斯竭力安慰他，并答应不在雅典人和妻子面前称他为儿子。克素托斯还给儿子起了一个名字，叫伊翁，即漫游天涯海角④的人。

命运把儿子送到了克瑞乌萨的身边，她却不知道。

神没有让公主的心灵开窍，她竟没有看穿近在身旁的秘密，仍在继续为自己悲哀的命运而烦恼。

这时，一个老仆人愤怒而又嫉妒地出主意，要克瑞乌萨悄悄派人杀死这个私生子，以免他继承厄瑞克透斯的王位。克瑞乌萨想着自己已被丈夫和从前的情人即阿波罗所遗弃，感到悲愤难忍，就同意了老仆人的阴谋。

那天，克瑞乌萨在阿波罗的祭坛旁等待着计谋的结果，她陷入了沉思，可是，远处的嘈杂⑤声把她惊得跳了起来。一名忠实于她的仆人急匆匆地抢先跑了进来，告诉她阴谋已经败露，伊翁带人要来找她算账。暴怒的人群在伊翁的率领下越来越近。风中传来了他的讲话声："诸神啊，向我大发慈悲吧，有人告诉我是继母对我下了毒手。她那么憎恨⑥我，找到她后一定要把她从最高的山顶上推下去！"

伊翁来到祭坛旁一眼看到了克瑞乌萨，他一把抓住这个女人，想把这个不共戴天⑦的敌人杀死。阿波罗不愿看到自己的儿子成为杀死生母的凶手。他以神谕暗示给女祭司，让她明白了事情的原委。女祭司离开圣坛，找出她从前在殿门口放着的盛放弃婴的小箱子，匆忙来到祭坛前，这时，克瑞乌萨在伊翁的拉扯下拼命挣扎。

"在我把话讲完之前，你千万别动手！"仁慈的女祭司说，"你看到这只小箱子了吗？你小时候就是被装在这箱子里遗弃在这儿的。"

女祭司递给伊翁小箱子，伊翁含着泪，打开了箱子，悲伤地打量着这些宝贵的纪念物。克瑞乌萨也渐

不共戴天的仇人原来却是亲人。

渐地恢复了镇静，当她看到伊翁手里的麻布和小箱子时，高兴地叫起来："我的儿啊！"她话还没说完便紧紧抱住了伊翁。伊翁却满腹狐疑[⑧]地看着她，不情愿地挣脱了身子。克瑞乌萨往后退了几步，说："你就是我那日夜想念的孩子呀！这块麻布将证实我的话。孩子！你把它摊开，就能找到我当年给你做的标记。在布的中间画着戈耳工的头，四周围着毒蛇，如同盾牌一样。"

伊翁半信半疑地打开麻布，突然惊喜地叫了起来："呵，真的，这是戈耳工，这儿是毒蛇！"

"箱子里还有一条金龙项链，"克瑞乌萨继续说，"当时，我是挂在你脖子上的。"

伊翁在箱子里又搜索了一阵，幸福地微笑着，他找到了金龙项链。

"还有一个信物[⑨]，"克瑞乌萨继续说，"橄榄叶花环，它是用从雅典橄榄树上摘下来的橄榄叶编成的，是我亲手把它戴在新生儿的头上的。"

伊翁伸手在箱子底又搜索了一阵，果然找到一个美丽的橄榄叶花环。"母亲，母亲！"他呼喊着，哽咽着，一把抱住母亲的脖子，在她的面颊上连连吻着。后来，他想起了什么，松开了手，想去寻找父亲克素托斯。这时，克素托斯高兴地走了进来，他已经知道了全部的秘密。三人都兴高采烈地到阿波罗神殿里感谢神恩。

克素托斯和克瑞乌萨带着重新找到的儿子返回雅典，特尔斐城的居民都出门夹道欢送。他们一家人的故事一时被人们传为佳话。

一家人终于幸福地生活在在一起。其实，无论是做继父还是生母，克瑞乌萨都应该对伊翁充满母爱。你同意我的观点吗？

## 说文解字

①佩(pèi)戴(dài)：把小巧的东西带、挂在身体的某一部位。

②小心翼翼(yì)：形容十分小心谨慎，一点都不敢疏忽的样子。

③怦(pēng)然一动：形容心怦怦跳的样子。

④天涯海角：指极偏远的地方。

⑤嘈(cáo)杂(zá)：指声音很杂乱。

⑥憎(zēng)恨(hèn)：厌恶到不能忍受的地步。

⑦不共戴(dài)天：不愿在同一个天底下生活，形容对敌人的深仇大恨。

⑧满(mǎn)腹(fù)狐(hú)疑(yí)：对某人或某事充满了疑问。

⑨信物：当作凭证的物品。

## 故事启迪

人与人最远的距离，不是相隔千山万水，而是"我就站在你面前，你却不知我是谁"。世事变化无常，令人难以预料。克瑞乌萨怎么也不会想到，丈夫所认的义子，她计划除掉的私生子，就是她日思夜想的孩子！幸亏阿波罗以神谕暗示给女祭司，揭开了这个秘密，才使得母子相拥而泣，一家团圆，避免了一场母子相残的悲剧的发生。

有时候，人与人之间的冲突，不过是由一些小小的误会造成。一时的感情用事，意气相争，却可能造成无法挽回的后果。所以遇事一定要有理智，加强沟通，冷静处理，从而避免不必要的伤害。

## 奇思妙想

1. 克瑞乌萨为什么要除去伊翁？

2. 克瑞乌萨与伊翁相认后会说些什么？

先读为快

一句咒语就能开启一座宝藏！阿里巴巴这个虽然贫穷但善良、热心的人，在一次偶然的机会中知晓了宝藏的咒语。宝藏的主人强盗头子为了灭口，对阿里巴巴展开了疯狂的报复……想知道结局如何吗？请你接着往下看吧。

# 阿里巴巴和四十大盗

兄弟对比，贫富悬殊而人品不同。

很久很久以前，在古老的波斯国住着兄弟两人。哥哥卡希穆富有但却贪婪、吝啬。弟弟阿里巴巴虽然贫穷但却是个善良、热心的人。

一天，阿里巴巴正要赶着毛驴去山上砍柴，突然看到一队人马向他这边飞驰而来。阿里巴巴急忙躲在一块大石头后。原来这伙人是强盗，总共有四十个人，他们来到山脚下，强盗头子跳下马对着山壁上的一块大石头说："芝麻，开门吧。"那巨石就轰隆隆地从中间分开，露出了一个黑洞洞的山洞。等强盗们把抢来的东西都搬进山洞后，强盗头子又说："芝麻，关门吧。"巨石立即又合拢到一块，恢复了原来的样子。阿里巴巴非常奇怪，等强盗走远了，这才从树林中出来，走到刚才强盗们到过的山脚下。他学着强盗头子的样子，对着巨石说："芝麻，开门吧。"巨石果真轰隆隆地又打开了。阿里巴巴走进山洞一看，啊！山洞中全是金银珠宝，丝绸锦缎，还有成箱的金币。阿里巴巴装了三袋子金币，用毛驴驮着出了山洞，"芝麻，关门吧。"巨石应声关上，阿里巴巴赶着毛驴急匆匆地回家了。

从此以后，阿里巴巴成了富人，但他很善良，经常把金币分给穷人一些。他的哥哥卡希穆知道后很奇怪："阿里巴巴怎么会有那么多金币呢！"他就去问他的弟弟。阿里巴巴就把他遇上强盗以及驮金子的事都告诉了哥哥。贪心的卡希穆一听，满心欢喜，赶快回家准备了十头骡子，去驮金币。来到山脚下，他按照阿里巴巴告诉他的暗语大声念道："芝麻，开门吧。"就进入了装财宝的山洞。看到那么多珠宝，他简直呆住了，他不停地往袋子里装啊装啊，十个袋子都装满了，他还不甘心，又在脖子上，手指上，脚上套上了许多金镯子①、金项链，可财宝还是拿不完，他用手使劲抱呀抱呀。这时，强盗们回来了，他们杀死了这个敢偷他们财宝的人，把尸体切成四块挂在山洞里。阿里巴巴一直不见哥哥回来，就到山洞去查看，才发现哥哥被杀了。他哭着把哥哥的尸体用袋子装好，又装了两袋财宝，用毛驴驮了回来。回到家，阿里巴巴让他的一个忠实又聪明的女仆去找一个裁缝将哥哥的尸体缝到一起以便安葬。聪明的女仆找了一个裁缝，蒙上他的眼睛把他带到了家中，等缝好尸体后又蒙上眼睛把他送了回去。阿里巴巴伤心地安葬了哥哥。

当强盗们再次来到山洞时发现尸体不见了，他们知道还有人来过这个山洞，知道"芝麻开门"的秘密，他们发誓一定把他找出来杀掉。强盗头子派出两个强盗去

**旁注：**

阿里巴巴心中想着穷人。

人心不足蛇吞象，卡希穆就死在他的贪心不足上。

阿里巴巴对哥哥充满感情。

打听线索。这天，这两个强盗在裁缝那里听说他前两天给人缝过尸体，并且是被人蒙着眼睛领去的，就蒙上他的眼睛，让他凭感觉找到上次他缝尸体的那一家。强盗在阿里巴巴家的大门上划了一个圆圈作为记号，以便晚上把其他的强盗领来，大家一起动手。阿里巴巴的女仆从外面回家时发现了门上的记号，立刻明白了是怎么回事。聪明的她在周围邻居家门上都划上了圆圈记号。到了晚上，四十个强盗来到这里一看，每户人家门上都有记号。搞不清到底哪一家是阿里巴巴的家，只好败兴而归[②]。强盗头子骂那两个强盗办事不力，一气之下，杀死了他俩。

女仆的聪明救了阿里巴巴。我们也要学女仆，遇到困难积极想办法应对，就能克服困难。

第二天，强盗头子找到裁缝，让裁缝带路，亲自找到了阿里巴巴的家，并记住了特征。然后，他又搬来了四十个大油罐[③]，其中三罐装满了油，其他三十七罐每个里面都藏一个强盗。强盗头子装扮成卖油的商人来到阿里巴巴的家，说天色已晚，无法赶路，请阿里巴巴让他住一晚。热情好客的阿里巴巴答应了他并盛宴款待他。晚上，女仆看到家里油灯没油了，就到院子里卖油商带来的油罐里舀油。她听见油罐里有人说话，就一个一个听过去，三十七个罐子里都藏着人，只有三个罐子里装的是油。聪明的女仆知道了他们是强盗，她灵机一动，想了一个好办法。她把那三罐油放在火上煮沸，然后倒进其他三十七个油罐里，油罐子里发出嚎嚎的叫声，强盗们一个个都被烫死了。等强盗头子把阿里巴巴灌醉了，叫他的部下动手时，才发现三十七个强盗都死了，他非常害怕，赶快逃走了。

心地善良的阿里巴巴总是一再上当。

聪明的女仆再次救了阿里巴巴，强盗居心不良，注定不能得手。

过了一段时间，心狠手辣④的强盗头子不甘心失败，他乔装扮成商人来到阿里巴巴的家里装作和他做生意。善良的阿里巴巴并没认出强盗头子。他准备了丰盛的酒宴和强盗头子共进晚餐，他们边喝酒边说话。细心的女仆在给他们倒酒时一下认出了强盗头子，她不动声色，在身上藏了一把匕首，装扮成蒙着面纱的舞女，给客人表演跳舞。当她靠近强盗时，趁他不注意抽出匕首一下杀死了他。强盗们都死光了，再也没有人来害阿里巴巴了。善良的阿里巴巴把城里所有的穷人都领到了山洞前，说了暗语："芝麻，开门吧。"让大家都分到了金银财宝，过上了幸福的生活。

我的评点

①镯(zhuó)子：戴在手腕或脚腕上的环形装饰品，多用金银或玉石制成。

②败兴而归：不高兴地回去了。

③油罐(guàn)：装油的大桶。

④心狠手辣：形容心肠歹毒，手段残忍。

"芝麻，开门吧。"一句神奇的咒语，从此改变了阿里巴巴的人生。贫穷而善良的阿里巴巴，虽然发现了宝藏，并没有什么雄心壮志，他只是想过好日子，有能力帮助别人。富有而吝啬的哥哥卡希穆，却在宝藏面前因贪心而送了命。

阿里巴巴并不聪明，他甚至把强盗当客人款待。但是他有一个机智勇敢的女仆。在每一次危机关头，用她超人的智慧和勇敢挽救了阿里巴巴。这也说明，对待残暴的坏人，不能指望他们自己悔过，只有勇敢地战斗，才能取得最后的胜利。

奇思妙想

1. 卡希穆为什么会被强盗杀死？

2. 女仆是怎样救了阿里巴巴的？

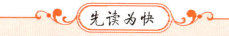

中外神话传说故事

先读为快

　　动物是人类最好的朋友。在大自然中，动物才是真正的主人。在自然条件下，动物的本能和聪明机智，能让它们躲过很多的危险，甚至救了主人的命。可是我们人类又是怎样做的呢？

# 国王与猎鹰的故事

　　相传，古代波斯帝国有一位国王，名叫辛巴德。他喜欢游山玩水，外出打猎。他养着一只猎鹰，爱若至宝①，朝夕相伴，形影不离，即使夜间，辛巴德也会把它驾在手上，打猎时必带无疑。为了方便猎鹰的饮水，他专门为猎鹰做了一个金碗，挂在猎鹰脖子上。

　　一天，国王正在王宫中静坐养神，司禽大臣进宫禀报道：

　　"国王陛下，咱们外出打猎的时间到啦！"

　　国王手下的人早已准备妥当，国王手驾猎鹰，率领大队人马浩浩荡荡②地出发了。他们走呀，走呀，来到一个幽深的山谷中。山谷中的野鸡、野兔等野兽多极了。他们支起猎网，不多时，一只羚羊落入网中。国王说：

　　"大家好好看住羚羊，谁抓住了重重有赏，但是，要是这落网羚羊从谁那里跑掉，我非斩了他不可！"

　　于是，大队人马开始逐渐缩小狩猎圈。突然间，羚羊向辛巴德国王跑来，只见它两只后腿高高立起，

我的评点

两只前腿抱抚胸部，仿佛要向国王行吻地礼。国王一愣，低头向羚羊还礼之时，羚羊一跃而起，从国王头上窜过，旋即③向谷地飞跑而去，瞬间便跑得无影无踪了。

国王非常丧气，他往四周看了看，只见侍从们正在相互挤眉弄眼，窃窃私语④。国王招呼身旁的司禽大臣，低声问道：

"我的爱臣，他们在议论什么？"

大臣回答道：

"他们说，陛下⑤方才刚说过：羚羊从谁那里跑掉，就把谁杀掉。"

国王觉得很没面子，随即说：

"我以我的头颅起誓，我一定要追赶那只羚羊，把它擒获⑥！"

说罢，国王策马向羚羊跑去的方向奋力追去，猎鹰也展翅紧跟其后。他们很快就找到了羚羊，猎鹰像箭一般地猛冲下去，将羚羊双眼一下子啄瞎了，羚羊痛得立刻在地上打起滚来。国王赶上前去，抽出短棒，猛力击打，终于将羚羊打翻在地，制服了羚羊。国王翻身下马，宰杀剥皮，然后将羚羊挂在马鞍头上。

天很炎热，谷地荒无人烟，没有可饮之水，人渴马也渴。辛巴德四处张望着，看附近有没有野果之类的东西。突然，他发现近旁的一棵树上正往下滴着奶油似的液汁。国王大喜，伸手从鹰脖子上摘下金碗，拿去接了一满碗液汁，放在面前，正要端起来喝，突然间，猎鹰拍翅，将碗打翻。国王很诧异⑦，再次拿起金碗，又去接了一满碗液汁，他想也许猎鹰也渴了，

自己下的命令要怎么执行呢？

我的评点

便将之放在鹰前，不料再次被猎鹰用翅膀掀翻了。国王很生气，不知道这鸟到底怎么了，第三次他又拿金碗接满液汁，放在马前，猎鹰依旧振翅将碗弄翻。国王大怒，厉声骂道："该死的东西，倒霉的凶鸟，你不让我喝，不让你自己喝，也不让马喝！你是不是疯了！"

盛怒之下，国王随手拿起宝剑，将猎鹰的翅膀削了下来。猎鹰痛苦不堪，悲惨地鸣叫着抬头示意，意思是请国王往树上看。国王抬头一看，只见一条巨蟒⑥盘绕在树上，吐着舌头，眼睛发出绿光，从树上滴下的不是水，而是蛇的毒汁。国王大吃一惊，操起剑杀死了巨蟒。他十分懊悔，恨自己不该冒失行动，竟斩断了猎鹰的双翅。是猎鹰救了自己的命啊，"我要救救我的鹰。"说罢，飞身上马，带着羚羊回到原来的地方，将羚羊交给厨师，并吩咐说：

"拿去烧烤吧！"

国王手驾着猎鹰坐在椅子上，给猎鹰用了最好的药，把它的翅膀包扎起来，可是，已经太晚了，猎鹰气喘吁吁，不多时便死去了。国王痛苦地呼唤着猎鹰，恨自己误杀了心爱的宠物，因为猎鹰救了他的性命。

> 人在愤怒的时候，就容易做出错误的举动。

我的评

### 说文解字

①爱若至宝：像宝贝一样地爱惜，形容十分喜爱。

②浩(hào)浩(hào)荡(dàng)荡(dàng)：形容广阔或壮大。

③旋(xuán)即(jí)：马上，立刻。

④窃(qiè)窃(qiè)私(sī)语(yǔ)：暗地里小声说话。

⑤陛(bì)下(xià)：古代对皇帝的尊称。

⑥擒(qín)获(huò)：抓住。

⑦诧(chà)异(yì)：觉得意外和奇怪。

⑧巨(jù)蟒(mǎng)：一种爬行动物，蛇类中最大的一种。

作为一个生灵，猎鹰深得国王的宠爱，它也表现得非常优秀：协助国王抓到了漏网逃跑的羚羊，又几次三番打翻接满毒液的金碗，救了国王的性命。最后却惨死在国王的剑下，真的好不值啊！

朋友相交，贵在知心。古语说"良禽择木而栖，贤臣择主而事"，有奉献精神，也要看牺牲得是否有价值。

1. 国王为什么非要抓住那只逃跑的羚羊？

2. 猎鹰会后悔自己救了国王吗？

**先读为快**

　　一个想吃人的食人鬼，骗来了一个独自外出的年轻王子。最后却在无意中教给王子对付自己的方法，让王子平安脱险。我们来看看这个有趣的故事吧！

# 王子与食人鬼

　　相传，从前有位国王，膝下有个儿子，年轻好胜，非常喜欢打猎。为了好好照顾王子，国王便令手下一位大臣陪伴他这个儿子，王子走到哪里，他就要跟到哪里。国王如此信任这位大臣，可这位大臣却阴谋①夺取王位，一心想谋害王子。

　　一天，王子外出打猎，大臣跟随前往。走到远离王宫的荒郊野外时，一只大野兽突然出现在面前，大臣对王子说：

　　"以前王子从来没有独自抓到过一只野兽，今天，王子应该试一试，抓住这只野兽，赶快追呀！"

　　这位大臣心怀不轨，想用激将法让小王子上当。

　　王子一听，觉得大臣说的有道理，便命其他人在此等待，他要独自一人去抓野兽。王子奋力追赶，直至野兽消失在旷野上。王子追着追着，迷失了方向，野兽不见了，自己也不知应该向哪里走。突然之间，王子听到一阵阵哭声，寻着哭声找去，看见一女子出现在路端，她哭得很伤心，泪水像断了线的珠子流个不停。王子走上前去，问：

　　比喻句，用珠子比喻泪水，形容女子哭得很伤心。

"你是何人？为何在这里哭泣？"

那女子回答道：

"我是印度国的公主，昨天出来到野外游玩时，忽然打起瞌睡，从马背上跌落下来，一时不省人事②，我已经在这里躺了一天了，这里没有一个人，我跟同伴们失去了联系。"

王子听罢那女子的叙说，同情之心油然而生，便答应送她回家。王子将她扶上马背，让她坐在自己的身后，然后策马离开那里。

他们来到一个小岛上，女子不好意思地说：

"小王子，我想方便一下。"

王子扶女子下马，女子上岛上隐蔽处③小解，好长时间不回来。王子嫌她行动慢，便悄悄去找她。出乎意料的是，王子发现那女子是个食人鬼，只听她正在对小妖们说："孩子们，今天我给你们带回来一个肥胖的年轻人，他又白又嫩，肯定好吃。"小妖精们七嘴八舌地叫起来："母亲，快把他带来让我们饱餐一顿吧！我们已经一天没吃上人肉了，快饿死了。"

王子一听，吓得魂飞魄散④，不禁周身颤抖，吓得急急忙忙地退了回来。

食人鬼出来后，又恢复成原来女子的模样。见王子惊惶不已，浑身战栗⑤，便问：

"你怎么啦？生病了吗？"

"没有，没有，你走后，我一下子想起了我的仇敌，我害怕……"

"你不是说你是王子吗？"

"我是王子。"

食人鬼太傻，居然帮王子找方法对付自己。

王子用自己的机智躲过了一场灾难。我们在做好事前一定要认清真相哦。

"那你为什么不给你的仇敌一些钱，讨好他呢？"

"他不要钱，只要人命。因此，我很害怕他。我是受欺凌的人。"

"如果你真像刚才说的那样，是个受欺凌的人，那么，你就求助于安拉⑥吧！安拉会帮助你的，安拉能为你消灾解祸，不仅能为你消除来自敌人的灾祸，而且能帮你抗拒你所害怕的所有祸殃。"

"真的吗？"王子抬头仰望着天空，喃喃⑦地说到：

"安拉啊，万能的主！无可奈何者向你提出要求，你总是有求必应，替人排忧解难。求你助我制服敌人，赶走敌人吧！"

食人鬼听到王子祈祷，顿时无影无踪。王子回到了父王身边。后来，那个大臣的阴谋也暴露了，国王处死了他。

## 说文解字

①阴（yīn）谋（móu）：谋划着做坏事。

②不省（xǐng）人事：形容失去知觉。

③隐（yǐn）蔽（bì）处（chù）：不易发现的地方。

④魂（hún）飞（fēi）魄（pò）散（sàn）：形容十分害怕，魂都没了。

⑤战（zhàn）栗（lì）：颤抖。

⑥安拉：伊斯兰教中的神。

⑦喃（nán）喃（nán）：小声地、自言自语地说话。

## 故事启迪

坏人总会装扮成不同的形象，用来迷惑我们的眼睛和心智。食人鬼伪装公主，蒙骗了年轻的王子。幸亏王子及时识破了食人鬼的真面目，脱离了危险。

我们不管遇到什么事情，都要保持沉着和冷静的心态，提高警惕，保护自己。更要有信心和勇气面对，积极寻找对策，才能化险为夷。

1. 王子为什么能平安而归？

2. 食人鬼和大臣是一样的吗？

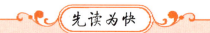
# 酒神与弥达斯国王的故事

　　喜欢到处云游的酒神狄俄倪索斯擅长种植葡萄和酿酒，他向沿途的人传授这些技术，使得他走到哪里，哪里人民的生活就更加愉快和幸福。

　　人们感谢他的帮助，常常用酿出的美酒招待他们。酒神狄俄倪索斯和他的随从也纵情①饮用美酒。

　　一次，随从中一位老者喝多了，当他路过一个葡萄园时，想在一棵浓密葡萄架下歇一歇，没想到，一歇就睡着了。

　　酒神一行人没有发现老者掉队，继续往前走。

　　老者睡在了弥达斯国王统治的地方，当地农民将这事报告给了国王。

　　国王立即让手下人把还在打鼾②的老者叫醒，请到王宫里。

　　老者知道自己掉队了，悔之不已。弥达斯国王却安慰他，告诉他一定能赶上酒神，并举办豪华宴会为老者压惊。宴会完毕，弥达斯亲自驾着马车，往前追赶，将老者送到酒神狄俄倪索斯跟前。

中外神话传说故事

老者是酒神狄俄倪索斯的好朋友，酒神一天见不着老者就会寝食难安③。酒神狄俄倪索斯发现老者不见了，正在着急的时候，弥达斯国王将老者送来了。看见失而复得的老朋友，酒神高兴极了。

他对弥达斯国王说道：

"为了报答你的好心，你可以说出一个愿望，我一定会满足你。"

弥达斯心中早就有一个愿望，他说："希望他的手触摸的每一件东西都能变成金子，如果能成为现实他这一生就满足了。"

酒神狄俄倪索斯听了弥达斯的这个要求，心中很不高兴，暗想：

"原来，这是一个贪婪④的人！"

但他还是满足了弥达斯的要求。

弥达斯激动不已，千恩万谢后高高兴兴地走了。在路上，弥达斯想试一试酒神狄俄倪索斯的话是不是真的。他随手折断一根树枝，树枝变成闪闪发光的金树枝。他又捡起一块石头，手刚触到石头，石头就成一坨金子。

弥达斯伸手摘树上的苹果，掐地里的麦穗……凡是他的手触摸过的东西，都变成了金子。

国王高兴得手舞足蹈，仰天大笑，自己最大的愿望终于实现了。

他回到王宫，换衣服，衣服成了金衣服。洗手，水盆成了金盆。饿了，手拿勺子，勺子成了金勺，拿起面包、肉和水果，这些东西一转眼全变成了金子，无法吃下去。这时弥达斯国王才意识到，自己的这个

此时在弥达斯心目中，金子最宝贵。

人不能只为了金子活着。为了金子失去生活的自由，真是得不偿失啊。

最大愿望是多么的愚蠢，所有的东西都是黄金并非好事。

他悔恨了，绝望地抓自己的头发，可是头发也变成了金子。

他害怕了，只好找到酒神，请求酒神让他过正常的生活。

酒神狄俄倪索斯看他可怜巴巴的样子，也生出怜悯⑤之心。于是，对弥索斯说道：

"人不可贪婪，到帕克托罗斯清泉去吧。在那里，你将头发浸入泉水中洗三次，照这样做，你就可以把你的罪孽⑥冲洗干净了。"

弥达斯按照酒神的吩咐，来到帕克托罗斯泉水边。他把自己的头在泉水中浸泡了三次，终于把头上的金子冲洗干净，恢复了原来的容貌。

可是，从那以后，帕克托罗斯泉水附近的沙子里就留下了无数小小的金粒。

说文解字

①纵（zòng）情（qíng）：尽情。

②打鼾（hān）：睡觉打呼噜。

③寝（qǐn）食（shí）难（nán）安（ān）：吃不好饭，睡不好觉。

④贪（tān）婪（lán）：贪心，不知足。

⑤怜（lián）悯（mǐn）：对不幸的人表示同情。

⑥罪（zuì）孽（niè）：应该受到报应的罪恶。

伟大的作家莎士比亚在《威尼斯商人》中曾经写到："金子，闪闪发光的金子，能让黑的变成白的，丑陋的变成美丽的，苍老的变成年轻的……"可见它对世人的魔力。弥达斯贵为国王，却财迷心窍，向酒神狄俄倪索斯要了金手指作为报酬，却为此吃尽了苦头。

做人不可太贪心，任何事都要有个限度。过分的要求只会让自己陷入困境。不付出努力，却想不劳而获，弥达斯差点把自己也变成金子，这个教训太深刻了。

1. 酒神帮弥达斯实现了什么愿望？

2. 最后弥达斯为什么又不要金手指了？

先读为快

小朋友们，如果有这么个布袋，你从里面总能源源不断地掏出你想要的东西，你会不会因此而欣喜若狂呢！下面的故事里就有这样一个神奇的布袋，让我们快去看看吧！

# 神奇的布袋

从前有一对老夫妇，他们住在一间破草房里。丈夫体弱多病，既不能下地干活，又不会做生意，因此家里很穷。终于有一天，家中穷得再也过不下去了，丈夫决定出外挣钱，他让妻子给他准备一点干粮在路上吃，但家里一粒米也没有了，妻子四下看了看，墙角边有一堆草木灰，她只好用草木灰做了几张饼，用布包好，交给了丈夫。

中午时分，丈夫已走了很远了，他饿了打开干粮袋，拿起饼来咬了一口，发现饼是由草木灰做的，又苦又涩，立即恶心起来。他到水塘边漱①了口，坐在那里悲苦异常，他仰天叹道："神啊，我天天敬你，请你赐给我点吃的吧。"

大神湿婆恰好从这里经过，听到了他的呼喊，动了慈悲之心。她落下云端出现在他的面前，拿出一个布袋交给他说："拿着这个布袋吧，你以后再也不用担心饿肚子了。"

丈夫又惊又喜，千恩万谢。当湿婆神飘然而去之

家里穷得只能以草木灰代替干粮，妻子的心情可想而知。

多么神奇的布袋，这简直是雪中送炭啊。

后，他打开袋子一看，发现里面有四张饼，散发出淡淡的香味，他饿极了拿起一张饼就吃，很快，袋里的四张饼全被吃完了。可他实在太饿了，还想再吃，打开袋子一看，里面又有四张饼。原来，这是个神奇的魔袋，不管拿走多少，里面总有四张饼。

丈夫高兴极了。回到家后，赶快拿出饼来让妻子吃，妻子一边吃一边夸奖饼的味道，"我从来没吃过这么好吃的饼。"吃饱后，夫妇俩一商量，干脆开了一家饼店。邻居们都来这里买饼，吃过之后，都赞不绝口。饼店生意兴隆，夫妻俩挣了很多的钱，不久，他们就盖起了新房，生活过得越来越好。

他们做饼既不用面也不用糖，也不用升火，这逐渐引起了乡邻的注意，不久，大家都知道了魔袋的秘密。消息像长了翅膀一样传得飞快，一下子传到了国王的耳朵里，国王不相信，命令他进宫表演。丈夫来到宫中，从布袋里拿出饼来分给大臣们吃。大臣们吃了，都交口称赞。国王十分眼红，他心生一计，假装热情地招待他吃饭，但趁他不注意的时候，吩咐手下的人，用一个一模一样的袋子换下了那个神奇的布袋。

回到家里，他们发现从布袋子再也拿不出饼来，才知道神袋被国王调换了。但这对老夫妻毫无办法，他们不敢和国王作对。

丈夫想，他对神那么虔诚②，神一定会帮他的。于是，他再次来到了那棵罗望子树下，跪下来，向神虔诚地祈祷。很幸运，大神湿婆又出现了。湿婆听了他的叙述，又交给他一个布袋，里面也有甜饼，并对他说："你这次再也不会遇到麻烦了，谁也不敢偷这个布

贫穷的夫妻俩因为神奇的袋子而转运。也为后来他们因此遭受的厄运做了伏笔。

国王原来是一个贪婪而狡诈的人。

袋！"湿婆说完就不见了。

谢过湿婆，回到家里，这对老夫妻又开起了饼店，生意更加红火了，挣的钱更多了。但是，这次妻子发现，只有丈夫自己能从布袋里拿出饼来，其他人打开布袋，里面就会跑出耗子来，就连她也不行。

不久，国王听说他们又有了一个神袋，就又把饼店的主人传到宫里，让他向大臣提供甜饼，并表示愿

意付给他钱，还用好饭菜招待他。有了上次的教训，丈夫这次格外小心，神袋一刻也不离身边。国王见没有机会下手，就留他在宫里住一夜。

晚上，当他睡熟了以后，国王偷偷来到他的房间，从他衣兜里找到了魔袋。国王迫不及待③地打开布袋，可从布袋里出来的不是甜饼，而是几百只耗子。耗子吱吱地叫着，到处乱窜，顿时王宫内乱成一团，侍者们惊慌失措，王后和公主们大喊大叫。

国王没有办法，只好去叫醒布袋的主人，说："请帮帮忙吧，王宫里耗子成灾，你把它们赶走吧。"

布袋的主人坐起来，回答说："这好办，只要你把上次那个布袋还给我。"国王不得已交出了上次偷走的那个布袋。

国王不但是无赖，还是小偷。

①漱(shù)：洗，涮。

②虔(qián)诚(chéng)：恭敬而有诚意。

③迫(pò)不(bù)及(jí)待(dài)：急迫得不能再等待。

设想一下：假如有这么个布袋，想要什么就有什么，不用学习也不用工作，你会怎么样呢？也许一开始会欣喜若狂，源源不断地掏出你想要的东西。然后呢？当所有的愿望都实现之后，你就会发现，生活是如此乏味。没有劳动的辛苦，也没有收获的快乐；没有人生追求的目标，更没有实现理想的自豪与满足。人活着，如果不能创造价值，就是一具行尸走肉。只有通过自己的劳动，收获的东西才最有价值。"人心不足蛇吞象"，对于那些强行霸占别人财物的人，他们的贪欲没有尽头，最后就会把自己也赔进去。

奇思妙想

1. 为什么国王没办法偷第二个口袋？

2. 你想有这样一个神奇的口袋吗？